从你的全世界错过

林特特 著

上海文艺出版社

序言
故事就是自然分泌

我靠三千常用字谋生。

从发表第一篇文章到全职在家写作，用了十八年。

我还记得，我发表第一篇文章是因为参加了一场诗歌大赛，我的诗获了奖，被收录进一本诗集里，诗的名字叫《我愿意》。

那是二〇〇〇年的秋天，我还是名大学生，我从收发室拿到包裹，拆掉重重障碍，翻开诗集，翻到印着诗名和我的真名的那一页，真是爱不释手，手不释卷。

捧着诗集，我就去了食堂。

坐在食堂里，我一边用小勺掏咸鸭蛋的黄，一边默默欣赏诗集。

身边的人来来往往，就餐的同桌换了一拨又一拨，鸭蛋的壳被我的勺子刮得快破了，我的视线还在那张纸上。终于，清洁工来喊我走，因为到了清场的时刻。

处女作的稿酬是多少，我忘了，但发表的喜悦终生难忘。

大学毕业后，我做了两年老师，再后来，我去北京读研究生。

我的专业和文学无关，但我没有一天不和文字相伴。

今年年初，我写了一篇小说叫《立水桥北》，写的是十年前我在北京买卖二手房时亲历的一桩官司。小说发表在《啄木鸟》杂志上，责编谢昕丹在编者手记中写道：

"二〇〇四年的一个清晨，天边露出鱼肚白，一阵噼里啪啦的键盘声，伴着缕缕茶香，清晰地飘入耳畔。特特又在写稿了！躺在上铺的我睡眼惺忪，脑子却很清醒地告诉自己：文学是个好东西，熬夜却是玩不起的。"

是的，编辑就是我的同学，她写的正是我们的学生时代。

那时，我一夜一夜地不睡觉，不计回报地在某论坛写稿，似乎能得到很多评论、很多赞，版主能给我戴朵小红花，就是写作的目的。今天想来，其实是在找认同感。

我很感激那段经历，虽然我并不是网络作家，但我们这一代，谁的成长能离开网络？最初在网上，遇到一点点有趣的事儿就会写下来，得到一点点鼓励，就会废寝忘食地持续更新，因此得到了第一波所谓的粉丝，让我有了从业的信心，也训练出每天都要写作的习惯。

是啊，每天都要写。

直到今天，除非出现重大变故，或是爬不起来，否则每天一定要写。

这并不容易。

在成为一个全职作家前，我有一份需要坐班的工作。生活逼着我们不断向前，马不停蹄。

在打一场很磨人的官司时，挂掉法院的电话，回到书房继续写。

每次出差的时候，都会趴在火车上的小桌子上写。

怀孕七个月，为了赶稿子，熬夜写。

生完孩子后，没办法维持白天上班晚上写的节奏，我每天中午在单位附近开两个小时的钟点房写。

后来，我自己做公司，我把所有要见的人，约在同一个地方，每两拨人出现的空隙，我会打开电脑，抓紧时间写。

经常有朋友问我：

"既然那么忙，为什么还要写？"

一开始，当然有虚荣的成分，觉得自己擅长这件事，写作能让我与众不同。我希望博得众人的交口称赞，收获名和利。

但那不是持续的理由。

持续的理由是，写作让我幸福。

我在三千常用字的排列组合、调动摆弄中，获得了巨大的快感。

我总是琢磨如何将故事表达得更准确、更动人、更美，在琢磨中，注意力集中，人始终处于专注的状态。

好几次，我在火车上写作，一路风景飞驰，像不断变化的背景墙，低头时，太阳正烈，抬头时，月已挂在天边，我心里不禁浮现起一句诗，"不觉碧山暮，但闻万壑松"，真是一种美好的体验。

幸福不就是沉迷吗？

写作，让我感受到了沉迷。

一开始，拿起笔，打开电脑，会想，今天写点什么呢？

一旦形成习惯，写作就像呼吸一样，到点，就要拿起笔，到点，经过的、见过的、有意思的、有意义的，就会自然倾泻于笔端，像用力奔跑后，体液的自然分泌。

是的，自然分泌。

十八年后，我全职在家写作后，这体会更明显。

二〇一七年七月，我必须在工作和写作之间做出选择，因为时间和精力实在无法两全。

我曾经渴望，有完整的时段去写。

在我身兼数职时，我想出很多办法进行自我管理，时间的、社交的、情绪的……我穷尽脑力做平衡，工作、爱好、家庭……

可是，当生活只剩下写作后，不用上班，不用见很多人，不用说很多话，不用忙叨叨，日子变得纯粹，却也显得苍白。

我陷入巨大的焦虑黑洞。

最害怕的是，全部的积累都写完了，怎么办？

像我这样写身边人、身边事，写现实，描摹生活花纹的作者，如果不忙，就没有什么可写，不跑，就没有自然分泌。

还好，我从事出版工作多年，经过职业的刻意练习，做预算、定计划、盯进度成为做事的基本方法。

我像管理一个个项目似的，管理每一个想写的作品。我先把它们都列出来，做表，填上时间，分配工作量，想好平台和渠道。

算完原有的积累，还能支持几年，剩下的就要考虑，如何继续奔跑，继续忙，忙什么，才能维持自然分泌和好的创作状态。

事实上，全职写作后，我比过去更忙了。

我参加了很多活动，做策划、做嘉宾、尝试新鲜的创作，甚至还给做音乐的朋友写过歌词。在知识付费时代,我还忙着在各地上课,在各个线上 App 做直播和录播。

朋友们问我的问题,也变了——

既然要写作,你为什么搞得自己这么忙,做那么多和写作无关的事儿?

我只想说一个例子。

前几天我出差,和一个当红的主播做对话节目。去之前,我对他的印象只是帅,只是口才好,只是"麻辣情感教主"的江湖称号。

去之后,我收获了一个故事,当红主播告诉我,他辛苦拉扯大的妹妹,在大学毕业后不到半年的时间,出车祸,去世了,他因此得了抑郁症。病好后,他寄情于网络电台,现在他有三千多万女粉丝,他把这些粉丝都当作自己的妹妹,出主意、教对策,他是情感教主,但也是女粉丝心中的国民哥哥。

他很享受"哥哥"的称呼。

我心情复杂地做完节目。之后我按部就班地进行出差日程中的各种活动。

我又吃了几次饭,又过了几个夜晚。等我结束全部的行程,上火车,风景在眼前飞驰而过,当红主播的身影挥之不去,他的故事,我无法忘记。

我拿出电脑,记下他,像之前记下每一个笔下的人物。

作为成年人,我们的本能比我们想象得更理智。

因为本能已混杂了诸多过往的经验,形成自动筛选的体系。

一些人,一些故事,被我们撞上,不用刻意采访,不用着意地想我要怎么写他。让他和他的故事沉淀,如果你忘不了,那就是你的大脑在自动筛选。你忘不了的,在一个合适的时机,会呼之欲出,细节跟着细节,细节不全的会自动补全,前后细节连起来会自成逻辑,它们抓着你的手,写下来,就是自然分泌。

那天,我发了条朋友圈,它代表了我的写作观——

你必须很忙碌,忙许多和写作完全无关的事,借那些忙碌,见很多人,见很多世面,见很多奇葩,见很多平淡无奇甚至无聊的生活状态,而后发现背后意想不到的波澜壮阔。忽然有一天,你不忙了,你想起他们,或者在书房,或者在火车上,你掏出笔,你打开电脑,总之你停不下来,不用思考,他们不请自来,这时,所谓的创作,不过只是记录。

这就是我想和你分享的,用生活输入,用写作输出。

用力生活,如用力奔跑,故事就会像汗液一样自然分泌。

目录

我　们 ／ 1

陪你半程 ／ 3
人生评委 ／ 10
在喜欢的事上做第一名 ／ 18
在伤口处画花 ／ 24
归去来辞 ／ 28
当爸爸不再顶天立地时 ／ 32
一只叫「好强」的虫子 ／ 36
小花伞 ／ 40
第三次表白 ／ 46
最远的远方 ／ 53
靠得住的浪漫 ／ 59
那个渡你的人 ／ 63
最忙的人 ／ 68

他们 \ 71

红颜 \ 73

姑辈爱情 \ 79

最爱 \ 87

流浪歌手的爱人 \ 91

最不般配的夫妻 \ 100

谁与你共赴人生无常 \ 104

文艺大叔为何不善待文艺的你 \ 107

向着明亮那方 \ 111

上帝来使 \ 115

绝交 \ 119

江湖再见 \ 127

你孤立别人，你被孤立 \ 132

少女的爱情课 \ 138

结婚证 \ 142

做媒 \ 146

暗恋者始终被设限 \ 154

自此天涯不相问 \ 158

如何说再见 \ 167

十年 \ 169

最好的十年 \ 171
夏天夏天悄悄过去 \ 175
美人儿 \ 179
给我一盘鸡毛菜 \ 185
在北京的老家 \ 188
计步惊心 \ 194
片刻逃离 \ 199
我向往的乡村生活 \ 204
从前的公园 \ 209
千千阙歌唱罢，青春散场 \ 212
记一次远行 \ 218
微不足道的爱 \ 222
怕的是无处奔波 \ 225
岳西路往事 \ 228
每个人都有一个第二故乡 \ 231
小天使 \ 237
麦乐迪往事 \ 242
还没出场，就已出局 \ 247

我们

你很少能路过一个人的全世界,但有的人,陪他一程或半程,也是好的。

陪你半程

一

凌夕每次坐火车,都会自备两块大毛巾,一块用来遮盖枕头,一块用来包住被头。

有一年夏天,她和张立搭伴返乡。

他们被邀请参加同一个会议,会议结束,又都买了去庐城的票。

凌夕的老家在庐城,张立则是去庐城看姑姑。

上车后,张立和凌夕对铺的人换了票,他把他的、凌夕的包放上行李架,回头一看,凌夕正往枕头、被头上蒙毛巾。

"真讲究。"张立笑。

凌夕有些不好意思,她看张立的头发像是今天才洗过,便扯下包被头的毛巾给他:"你也铺一条吧。"

那时,没有高铁。

去庐城的火车要开三十六个小时。

入夜,张立听凌夕在右方翻来覆去,便歪着头,问:"是不是饿了?"凌夕趴在枕头上说:"不,你看,月亮。"

窗外,一轮满月。山连山在黑夜画出一条蜿蜒的边,月亮卧在边上,恰如明月下海面的波涛汹涌。

张立咳了一声,说起曾见过的最凶险的自然风景:"眼前一片黑,云破月来,我发现其实对着一整面山。"

"何时,何地?"凌夕产生兴趣。

"一次和几个驴友出去玩,迷路了,"张立在七成黑的狭小空间里挠头,"从此,再不敢探险游。"

车厢里只有几个角灯还亮着——他们原本不熟,聊到角灯都灭了,不熟也变得熟了——车外已天色大亮。

张立说:"走,咱们去餐车吃早饭吧。"

一共去了四次餐车,吃了四顿饭,他们才到目的地。挥手告别后,才发现没留对方的电话号码。

等到张立在姑姑家整理行李,才发现把凌夕的大毛巾也带回来了,他翻出会议主办方发的通讯录,找到凌夕的电话。

他拨过去,只听见人声鼎沸,凌夕喊:"什么?你说什么?"弄得张立也拔高了声线:"毛巾!还你毛巾!"

他们大叫着约在第二天傍晚见。这天晚上,张立在水龙头前一下一下地搓毛巾,脸上一直浮着笑,心想:这简直像书生和小姐丢手绢、捡手绢的游戏。

二

张立在大学任教,暑假时间充裕。凌夕呢? 刚换了一份工作,也恰是空当。两人再见面，除了毛巾的借与还、推与让，还敲定了下一次约会——庐城周边游。

周边，一日可游不完。

划船、登山、吃喝……

他们的最后一站是翠谷，翠谷以十八个曲里拐弯的山洞著称。从第十八个山洞钻出时，两人已筋疲力尽。洞口不远，有一片水，水边有块极平滑的石头，他们脱了鞋，撩起水洗脚，又坐在石头上晒脚丫。

凌夕晒了会，忆起少年时在此地春游。张立也说起往事：小时候和表哥表姐常来这里玩，那时，父母还没下海做生意，他还没常年在姑姑家寄宿……现在，父母各自成家，在他心里姑姑家倒更像自己的家。

凌夕敏锐地捕捉到一个细节：张立来过翠谷，他根本不需要她做向导，他从小在庐城长大，对庐城说不定比她还熟悉，那么……

凌夕没问，张立主动答了。他说，他原本只打算在庐城待三天，现在已经待了三十天，不知道为什么，这次来了就不想走，除非凌夕也跟着走。

凌夕当然要走，但他们的目的地不是一处。

凌夕新换的工作在深圳，而张立供职的大学在北京，一南一北，凌夕有些踌躇，张立还是一贯豁达地笑："没关系，我打'飞'的去看你。"他从石头上一跃而起，向凌夕伸出手。

很久以后，凌夕在北京的家中斜倚着沙发，无聊地来回按遥控器，一个频道跳出一位白衣少女，动情地唱着《漂洋过海来看你》。凌夕突然想起那时的自己——每隔一段时间，她带着两块大毛巾，从深圳到北京。

三

凌夕和张立在相识三年后结婚。一个月后,离婚。

那时,张立接到命令,被外派五年。走前,他们领了结婚证,可凌夕拒绝了张立的进一步要求:"随军""陪读"。

凌夕已当上杂志社的小头目,还很珍惜这身份。当她宣布决定,张立半天没言语,半天后,近乎哀求:"你知道,我多想有个家……"

凌夕表示,陪读?她不想再读书了。随军?她也不是做家务的料。何况竞争激烈,这一行就是吃青春饭……

因为急,她的口气显得冲,然后张立也急了,他用凌夕吵架时最爱说的话回应:"我看你就是不爱我!"

大吵后是冷战,冷战就是看谁更在乎谁。

随着张立出国的倒计时,两人都没看到对方的让步,于是由张立提出——其实他是想逼凌夕。凌夕一赌气,立刻答应了,他们便直接去了民政局。

张立离开时,凌夕没去送。

那时她正坐在回深圳的火车上,车是慢车,一路上停停开开,她也停停哭哭。

估摸着张立要登机了,她发了条短信:一路顺风。那边秒回:你想好了就来找我。张立仍希望她能伴左右。

他们一个月都没联系,一个月后,杂志社在北京设了记者站,派凌夕常驻。

凌夕想缓和关系,主动给张立发邮件:我住你北京的房,可以吗?那房子他们原打算做婚房的,可张立没回应,她拨越洋电话,接电话的是个女声。

他们真的画上了句号。

凌夕受了很大打击，走在北京街头，她常痛哭流涕。又过了一年，她换了份工作，新单位是一家铁路媒体，她每周都奔波在不同的列车上。

事情过去一年，凌夕坐夜车，铺毛巾，还是会想起张立笑她"真讲究"。一日，她一抬头，见窗外是满月，瞬间心如刀割。

四

张立和凌夕再一次见面，是在新开通的合福高铁上。

张立两手不断地在裤子上擦来擦去，凌夕知道，他一紧张就是这个动作。擦完，张立开口："找个地方，好好聊聊？"

他们在餐车坐下。

张立追问："为什么后来不理我了？连个解释都没有？"

凌夕看他不像装的，把邮件、电话的事和盘托出，谜底也随之揭开。"邮箱密码丢了，用了一个钟点工，你没听出来她说的不是汉语？"张立薅羊毛般地扯头发，"过了些日子，我想我们平静够了，就联系你，但你的联系方式都换了，打电话去你单位、家，他们都说你交代的，别理我……"

这时张立已回国，他四处讲学，四处坐高铁。闲来翻杂志，发现凌夕的名字，他搜集了近半年的杂志，梳理出凌夕采访的规律。

"我专门买新开通的高铁、临近列车长室位置的票"——凌夕负责的栏目以列车长为主。

他急切地表达对当年意气用事的追悔以及他的思念和找寻:"回国后,每次坐火车,我都会来餐车吃饭,因为走到餐车,要穿过很多车厢,这样,才能最大概率找到你……"

凌夕一直没说话,直到张立拉住她的手,她悲哀地看着他:"我就要再婚了。"

五

凌夕没说谎,下了车,她就要休长假,准备婚礼。

新郎是她的同事,感情升温在采访时。为此,他们的婚礼请柬都做成车票的样式,只是始发站是新郎的名字,终点站标着凌夕。

在合福高铁上的相见,令她久久不能忘怀。她原以为被辜负,后来发现竟是误会,她原抱怨造化弄人,现在反思又反思,发觉当初有很多是人为的错。

不过,话说开了,心结也随之解了,她包扎喜糖时,一笔一笔用小楷写请柬时,眉宇间多了些安详。当她写到"张立"的名字时,想起当初这笔正楷还是他教的,于是他的书房、他的笔墨纸砚,与他恋爱时,他写的"相看万里外,同是一浮萍"的条幅,统统从记忆中跳出来,扑向她。

五味杂陈。

更五味杂陈的是,几天后张立快递来的礼物。

一个包装精美的礼盒中,盛着两条松软、温柔的毛巾。

还有他的话——

"火车来来往往,乘客上上下下,我中途错下了车,回来时,已无法陪你全程,谢谢你那些年给我的、教我的。"

他没来参加婚礼,凌夕也没用过那两块毛巾。

但她把它们收得很好,如收藏一段时光,收藏一段已经释然的旧情。

有的人，隔一段时间，你就想见到他，说说发生的事以及你的应对。其实没什么，你只是觉得，他是你的人生评委。

人生评委

这个生日前，陈昕列了十项计划。

其中包括瘦五斤、将脸上的痘治好、买一只心仪很久的包、拍一套写真等。

它们都易完成，无非是用钱或用力。

不易完成的是陈昕的心愿，与梦有关——找到第一任领导。

现在，说说陈昕的梦。

有十年了吧，在梦中，领导总是隔一段时间就造访她。

最近一次，她梦到领导在一间阶梯教室。

满满都是人，教室的布置如国家大剧院听音乐会的地方。她是池座，领导在中间发表演说。结束时她和众人一起鼓掌。人渐渐散了，她走上前，领导和她握手，他说："陈昕，你好啊，好久不见。"

陈昕感慨万千。

窗外，爬山虎随风晃动，有同学拿汤匙敲窗户，催陈昕去食堂。

奇怪的是，在梦中，陈昕也知道是梦，她对领导说："真好，又梦到了你,我这些年的事,真想说给你听。"

没来得及说,她就醒了。

第一任领导今年怕有五十岁了。

当初见到他,他正是一个男人最精干的年纪,自带充电宝,二十四小时神采奕奕。

据说,他赤贫出身,白手起家,他的高学历是几经辗转得来的,他获得的奖项业内公认的含金量高,但他总开玩笑,"一样花开为底迟"——他说,他拥有的一切,其拥有的过程比一般人都要艰难。

陈昕潜意识里把第一任领导当导师。

这是惯性。

大学毕业后,她在那间广告公司工作,她个子小小的、年纪小小的,毫不起眼。她还记得每次开例会,有人舌绽莲花,有人艳惊四座,她却一直默默地坐在一个角落,如一只土拨鼠,等人发现,怕人发现。

每次,大家发言完,都是领导做统筹和评价。这时,他是台上唯一的发光体,而他的意见中肯,结论让人信服。那时,陈昕想,只要一次,哪怕一次,她被领导肯定,就说明她不错,是做这一行的料。

陈昕没费多少劲儿就得到了领导的电话。

他们在同一个城市,从事同一个行业,圈子很小,何况,领导是名人。

拿到电话号码,陈昕心里却打鼓:约见面,哪怕只是聊天,对方会不会觉得唐突?即便不,前提是对方还记得她是谁吗?

犹豫时,她着手于生日愿望清单的其他项目,她在跑步机上挥汗如雨,还勤恳地煎服中药——每一年临近生日,她都会对自己进行盘点,盘点对生活的不满及期待，然后逐一修正、实现。

体重计上的数字已逼近目标。

想干的、想买的，也都已到位。

陈昕想，要不，我给领导写封信吧，写"自别后，一直想念""常看到关于您的新闻，为您骄傲""我的第一份策划，被您骂是'狗屎'，我哭了一夜""客户为难我，您挺身而出维护我……您让我知道什么是老大"。

还是太唐突了。

陈昕对着手机里写了一半的信，苦笑。

为工作方便，她在手机里下了办公软件，候机、等人、睡不着时，她都会工作。这点，她还是"遗传"当年的领导——他走到哪都带着笔记本电脑，和身边人超过十五分钟没话，他就会打开电脑，写点什么。

类似的"遗传"在她身上还有不少。

比如，每件事都有时间节点；针对节点，有周密计划；有计划，就一定要实现；就连生日前对自己盘点、梳理的习惯也都是无意间从他那儿得知并学习的……

所以，最近一次的梦，既然让她决定去见一下这位对自己有重大影响的人，无论内心多复杂，姿态上有多怯场，也必须完成这个心愿。

她终于发出短信。

"领导，您好！我是陈昕，还记得吗？最近的工作有点棘手，查资料时，发现您有过类似成功经验，希望能听取您的意见。"

不卑不亢。

忐忑不安。

"叮!"

陈昕上午发出的短信,下午才收到回讯。领导回:"陈昕好!当然记得。明天上午?办公室?"他给出详细地址,陈昕连忙答:"好。"

她雀跃不已。

如情窦初开的小姑娘,她开始设想见面时穿什么。她最后选了件中规中矩,但显腰身的藏蓝套裙。对着镜子,她看见一个稳重、温和、得体,可以谓之优雅的女人,她摸着勾勒出她完美弧度的黑色腰带中心处的金属亮片:"呵,当年的小陈,如今已是陈姐。"

小陈。

广告公司的人都这么喊她。

"小陈,帮我复印个文件。"

"小陈,要报销的单据帮忙贴一下。"

"小陈,找下送纯净水的人的电话。"

小陈勤快、麻利,谁都不得罪,谁都想讨好。

直至她加班到深夜,第二天被领导看见熊猫似的两只眼,他毫无褒奖,却把一叠文档摔在她面前,严厉又困惑地问她:"为什么整体方案结构不错,细节却很混乱,明明能做好,却没做好?"

她嗫嚅着表示,上班时间她根本没空做自己的工作:"都是用私人时间……"

"那上班时间你都在干吗?"

"打杂……"

"不要用战术上的忙碌掩盖战略上的糊涂。"领导从过军,带部下如带兵。

如今的她，不为任何人、任何事浪费时间，几乎没有应酬式社交。"在陈姐面前要少说多做""能一千字表达的，别用两千字""她视每分钟如金币"，刚进公司的实习生被前辈如此教导。

她冲镜子笑。

终于，百炼成钢。

当然，不仅是第一任领导的影响，还有她后来的努力，但领导指点她出国再学习，做个人职业规划：在大公司从业，去小公司做中层，再跳回大公司……最后，做自己的公司。

领导是无意中说的。

那次在杭州，他们喝庆功酒，酒至半酣，各人谈各人的梦想。谈到陈昕，她卡壳了。"你就想在这待一辈子？"领导问。她没回答，领导像对自己说，"我如果是你……""我如果像你这么年轻……""我会……"

他们在西湖边，十多人围坐一圈。领导真的是喝多了，有人再举着黑啤敬他，喊他"老大"，他便长叹一口气："我不是老大，是'老大'了。"

陈昕回去就辞了职。

辞职那天，也是他们最后一次见面。

辞职信上，她写："我不是离职，而是从您这里毕业。"

她把领导酒醉后对她的人生指导，或者说领导的如果能重来一遍，当作对自己职业生涯的规划记下来，用口红写在梳妆镜最上方。

她在加州留学。

那些规划和警句也写在加州宿舍的梳妆镜最上方。

后来回国，再战江湖，那些口红写就的梦想一改再改，但最初的口红字迹拜领导所赐，以至于每次用口红写新的规划时，她都会想起他，甚至怀疑自己是不是爱过他——无论如何，马上就要再见面了。

她吁出一口气。

插钥匙、踩刹车、点火。

目的地是一所大学。

领导在短信中向她解释，每个周二他都会在那儿，他有一堂面向本科生的大课。

其实她都知道。

她早打听清楚，领导是该校的客座教授，她还通过一个实习生拿到了课程表，确定了他上课的教室，所以当她提前到了，并没有去办公室，而是直接去旁听。

陈昕轻轻推开门，溜墙根进去，坐最后一排。

领导正在讲台上演示PPT，他一只手插在口袋里，一只手指着投影屏幕，滔滔不绝、激情洋溢，台下近百双年轻的眼睛盯着他，他仍是发光体。

陈昕听了会儿，却再不能做到目不转睛。

她用职业的目光，审视他演讲的姿势，觉察到小小的语法错误，她看出PPT里有哪些不合适，案例中哪部分在适度夸张，完全成了旁观者。

于是，她走神了，眯着眼研究几十排座位外，他白色厚衬衫的暗条纹。

而他的两鬓白了，背略驼，神色中已有暮气。十年前，他的眉宇间时刻传递着"时代是我（们）的、世界是我（们）的"，不过没关系，如果没有人见过他的盛年，就不会感受到这暮气。

陈昕一直坐到铃声响。

鼓掌、笑，领导故意的停顿，留出给众人思考的时间，她都参与了。

对台下的学生，领导甚至提到她的名字。

那是一个摩托车广告，广告语是她写的，领导分析着，并说："这是我曾带过的一个年轻人……算是你们的师姐吧。"

台下一阵叽喳。

陈昕不由得嘴角变弯。

此时，陈昕的脑海正播放着十年来她所经历的片段：求学的、求职的、创业的，各种情况、各种应对，那些口红印，以及，两次婚姻。

来之前她曾以为，她一再梦到他，是关乎男女之情。就像刚才，她试图用女人的眼光打量他，却终究被晚辈的眼光代替。

现在，一声"师姐"唤醒了她：她还是想把一切说给他听，这来源于惯性——她走过的每一步都曾受他无意间的指点，他的高不可攀，让她有了攀岩的动力和精确的目标刻度。他以前常评点，她此刻仍想听评点，仿佛没有这评点，就不足以证明她这些年是对的。

人渐渐散去，陈昕走上前，闪烁着大眼，比以前从容十倍："领导！"

领导欣喜抬头，大方伸手，握住她的手说："陈昕，你好啊！好久不见！"

他们步行去办公室，路过一面爬山虎墙，秋风如手，抚摸着每一片半红的树叶。

领导殷切地问陈昕："怎么样？"

他高大的身影如昨，却恰到好处地驼了点，让她顿减压迫感。

她扶一扶肩上的漂亮手袋——那也是她的生日愿望之一。

她温柔地讲，也温柔地想：真好，比梦里的更好。有这么一个人，隔一段时间，就想见见。没什么，不做什么，只当他是自己的人生评委。

你不是无能，只是不是全能，如果不能样样都做好，那就在喜欢的事上做第一名。

在喜欢的事
上做第一名

一

楼婷婷是我的邻居，大我一岁。

她从小喜欢孩子，只要比她小的就喜欢。

一次，我们穿过小巷，听见临街有一家孩子在哭闹，她非推开虚掩的门，进去看看那家的宝宝长什么样。

另一次，她在课堂被抓，因为做小动作。当她抖落正在缝的小围嘴，那整齐细密的针脚让包括老师在内的我们都惊呆了。

小围嘴是给她妹妹做的。

除了她家超生的妹妹，楼婷婷还有几个表弟表妹，能阶梯式地排一队，再加上街坊四邻的小朋友，一放假，楼家就成了整个楼道孩子们的据点。

她给家里家外的小不点儿们分饼干、拧手绢时，总眯眯笑，擦洗那些脏兮兮的小脸蛋，还忍不住捏一下。

偶尔她让我配合，我总不耐烦——要不是图热闹，我才不去她家呢。

在学校，孩子王楼婷婷就威风不起来了。

她留过级，插班和我做同学时，成绩仍不好。

班主任说她是浆糊脑袋，还当着全班的面，用指尖戳她的眉心："你以后能干什么啊？"楼婷婷哭了，大眼睛水汪汪，可班主任仍不依不饶，继续戳："靠倒数第一的成绩，还是靠哭？"这下，她连哭都不敢哭，任泪水在脸上留下两道痕。

那天晚上，我们结伴回家。

她垂头丧气。

"你说，以后，我们能干什么呢？"

"我想当三毛，长大后，用文字复仇，把可恶的数学老师公之于众。"我踢着石子。

"我呢？"她自嘲道，"拉板车？扫厕所？"

大人们常用的恐吓语从她的嘴中说出，不知为何，在路灯下，在雪未全化的泥泞道上，听来分外忧伤。

当晚，楼婷婷的妹妹又得到一个娃娃。

楼婷婷解压的方式就是做手工。她将一块花布裁成几片，分别裹上棉花，缝合、组装后，就是头和四肢，她再用两粒黑扣子做眼睛，将黑毛线搓成头发，或扎或披。等她给娃娃贴上树叶般的绒布红嘴唇，就大功告成了。

中考结束，楼婷婷也送给我一个娃娃。

我低空掠过分数线，数理化加起来还不如文科一门分数高。"其实，也不是非得样样都好，一样好就行了，"我爸安慰我，"哪怕你把文章写好呢？也是一条生路。"

我幽幽地谈起我爸的反应，无地自容。"你爸真好。"楼婷婷由衷地说。

她没考上高中，她的父母专门去了趟班主任家，商量要不要让她复读。班主任直言不讳，"浆糊脑袋""不是读书的料""还是找个服务行业，先工作吧"。

楼家父母将这番话原样吼给她听。

二

楼婷婷读技校的最后一年在工厂实习，工厂主打产品是洗衣机，她的工作就是搬洗衣机。

厂是大厂，能寻摸到这样的单位已是楼家父母能力的极限，所以，即使她胳膊都肿了，也不敢轻言放弃。

一日，楼婷婷兴奋地跟我说，三八妇女节有个比赛，她获奖了，参赛作品：布娃娃。

她兴奋，显然不只为一张奖状："幼儿园园长好喜欢我的娃娃，问我有没有时间教他们的老师做。"

"或许，你从此就能去幼儿园工作呢？"我启发她，"总比在车间搬洗衣机舒服吧？"

她一拍大腿："说的就是啊！我立马答应了。"她笑眯眯，眼睛放着光，像小时候给更小的孩子们擦脸蛋时的表情。

她为此付出诸多努力。

她做了很多布娃娃，又渐渐从娃娃拓展到各种动物、十二生肖、恐龙、各种指偶。看她家各种各样的自制玩具越摆越满，我倒抽一口气：

"下一步,你可以主攻布袋戏。"

这些玩具,楼婷婷都用业余时间完成,最终都流向那间洗衣机大厂的幼儿园。

她还来找我借高中课本,在我去另一个城市上大学前。她说,她打算参加成人高考,因为园长说需要大专学历。

"早干吗去了?!""当年不好好学习,现在……"

楼爸爸总用吼的方式表达心疼。他在仅有几次和我的对谈中,描述楼婷婷的状态:三班倒,下夜班已是凌晨,周五夜班之后周六上午还要上课,竟然还报了一个画画班!

我说:"你真不至于,这都好几年了,你也换了工种,在流水线上做得熟练。"

这时,楼婷婷挺着大肚子,还在准备最后一场考试,学习对她来说仍旧吃力,何况在智力的非常时期。

可她跟我谈更大的梦想,她说,她最喜欢的事,就是哄一堆孩子开心,她最擅长的也是这个,她从小就享受做孩子王的感觉,"现在快有自己的宝宝了,更坚定""以后如果不上班了,我就在家里开个家庭幼儿园"。

三

产假结束,楼婷婷成了光荣的幼儿老师。两年后,洗衣机厂效益不好,幼儿园、食堂、门市部等都被撤销,她失业了。

可以再回车间,她细心、细致,做活儿是把好手,老领导找了她好几回,都被她拒绝了。

于是,她办了"买断",跳槽去了一个民办幼儿园。回娘家时,楼爸爸又用吼的方式表示关爱,"好好的国企""保险怎么办""退休怎么办"。但木已成舟,也只能随她去。

直至她回家借钱。

她说,要办自己的幼儿园。还向我打听,在当地报纸上发招生广告的价格。

"要不你干脆给我写一篇?你和编辑那么熟。"

"那叫软文,"我耐心向她解释,"也是广告,也要收费。"

"喔……"她还是不大明白。

她把买断的钱全拿来,争取到父母亲友的存款,再抵押了房子,集合过去一起进修、工作的小伙伴,从八个学生开始。"现在,小一、小二、小三,加上托班,几十个孩子吧。"她介绍时,一挥手,状如沙场点兵。

前年,她不知用什么能耐,还加入了一个国际连锁,去异国培训了几个月,学成归来,常用词已是"自然""天性""释放"。

今年,竟有人为孩子上幼儿园的事,托我找楼婷婷。

我带人去参观,只见她的幼儿园布置得像家里的一个个房间。到处是粉粉的绢和纱,从天花板上垂下来,在墙壁上做装饰,用做沙发、枕头的外罩或床的帷幔。

孩子们在睡觉,楼婷婷把手指搁在唇间,领我们去会客厅。

会客厅也像家。

几个老师默默地坐在木桌旁,正一针一线地缝。

"我们××幼儿园,崇尚自然。玩具,我们提倡布艺,都是我们的老师自己手工制作的。我们也提倡孩子们和我们一起做，用手工释放压力。"

楼婷婷语速很慢，听起来温和、可靠，但以我对她的了解知道那其实因为她反应慢。

我们经过一排齐腰高的小书架，书架上有各式绘本，有十二生肖、恐龙和各种指偶玩具。

"每个节日，我们都有自己的活动。元旦，我们将和家长、孩子一起演布袋戏。"她努努嘴，我忽然明白木桌旁的老师在忙什么。

出了客厅，是室外活动场所，一位老师正弯着腰和一个小姑娘说着什么。

楼婷婷解释："小姑娘是新来的，在家没睡过午觉，刚来不适应，又好强，睡不着，气得哭。"

"我睡觉没有得第一名。"等我们走近，听见小姑娘仍在抽噎。

楼婷婷喊她的名字，摸她的头，表扬她，"上午玩具收拾得又快又整齐""第一名当然好，但……如果不能样样都好，就喜欢什么，把那一样做好，也不错"。

这句话听着耳熟，听得我满心荡漾柔情。

我也想去摸那小姑娘的头。

你所看到的不会是一个人的全部，哪怕是花朵，也可能是他/她在伤口处的缝补。

在伤口
处画花

她的网络空间，几乎都是她女儿的照片。

我印象深的就有三组。

一组，在书店。

女儿穿白裙子、同色打底裤，脚蹬一双洞洞鞋。

她穿得和女儿一样，她们坐在地板上，背靠着书架，各捧一本书。

她先是拍女儿的侧影，照片上写着：这长长的睫毛像谁啊？

然后与女儿合影，合影时，她离镜头太近，脸大得突兀，却不以为意，还露出夸张的表情，她写道：巴掌大的小脸，妈妈这辈子是不能了，只能靠你实现。

一组，在溜冰场。

女儿戴头盔，着护膝、护腕、冰刀鞋，全副武装，很神气。

照片是连拍，屈膝的、战战兢兢立着的、迟疑地滑出去的、不小心摔倒的、再爬起来的……当然，后面越滑越好。有一张，小姑娘回眸一笑，竖着两根手指，口型分明是："yeah！"

自然有合影。

合影中，她精神抖擞，拎着头盔，揽住女儿，溜冰场来来往往的人都是她俩的背景板。

她在与照片相关的日志里称赞女儿勇敢，还说，遛完冰，以大餐鼓励。结语是：完美的一天。

还有一组，发生在最近。

照片记录她们去香港旅行的全过程。

有酒店、维多利亚港，迪士尼乐园是主战场。

女儿抱着米老鼠、女儿对着各种食物、女儿坐火车、女儿看电影……

最后一张，她们在机场，一大一小两个粉色箱子立在一旁。

娘俩头叠头，她在上，长发将女儿包裹。

她们笑得真甜，嘴角的弧度、眼的形状，近乎克隆。

她拿给我看的就是这张。

AA买单时，她掏出皮夹，边数钞票，边抽出一张小小的正方形照片。

我接过来欣赏，又递回去。

她爱惜地把照片插在原处，谈起明年"一定要去趟丹麦"，因为女儿"喜欢安徒生"。

我由衷地赞，又随口问："孩子爸，平时联系得多吗？"

平日里，她不介意提及自己的单身身份，但今天我的随口一问让她沉默。

过了一会儿，她才出声，我这才知道，她的女儿和前夫生活，抚养权在前夫那儿。

我有些吃惊:"总看你贴你女儿的照片,尤其是你们的合影。"我历数书店、溜冰场、居家的、景点的……

她凝视我,像说一个秘密:"你看到的,就是我们全部的相处时间。"

她说起她的上一段婚姻。

恋爱过程如灰姑娘遇到王子,她是灰姑娘。

等到她怀孕、辞职、全职在家,几年后被通知前夫变心。因为无业、无经济来源,房产均为前夫婚前所有,她失去抚养权,离婚,又被迫骨肉分离。

她给我看那时的照片。

她用指尖迅速地划手机屏,时间也倒退到两年前。

噢,我之前没注意,那时,她晒的女儿都是隔着校门的、在操场的、入队仪式上的……都是单人像。

"有些是班主任发我的,有些是我去女儿学校偷拍的。"她解释。

原来,前夫再婚后想让女儿忘记她,便刻意阻拦、减少她的探视时间,女儿后来说"爸爸非让我喊阿姨'妈妈'"——阿姨是前夫的后妻。

她和女儿最长有过三个月没见面,直至她起诉。

那三个月,暗无天日。

她实在忍不住了,便打电话给女儿的班主任。

第二天,班主任发来一段视频。视频里,班主任问女儿:"你想妈妈吗?"女儿点点头:"想。"班主任又问:"要听妈妈的声音吗?"女儿哭着说:"不,听妈妈的声音又见不到妈妈。"

"看到这儿,我哭得像狗一样。"她在我面前,又哭得像一只狗了。

等她平静后,她说起所做和打算。

"在家待了半年,重新出去工作。

考了会计证。

存了点钱,又借了点钱,付了一处房的首付。

现在,我珍惜每一次相处,变着花样陪女儿玩,尽可能满足女儿的每个愿望。

每次见面,我都会提前计划好久,还会想我穿什么,怎么给女儿打扮。

我还会继续争抚养权。"

"那段时间,你能在学校外偷拍,为什么不冲进去见她?"我打断她,问出我的疑惑。

"我不想偷偷摸摸、大吵大闹地见面,不想让女儿见我狼狈。我以前总鼓励女儿'要好样儿的',分别时也答应过她'会好好的,好样儿的'。"

她又从皮夹里掏出她们的合影,无限爱怜地用指肚摩挲她和女儿的、叠在一起的、指甲盖大小的笑脸。

"我想过了,"她的神色中有绝望,也有坚毅,"实在不行,就这样陪女儿长大吧——她每次看到我,都高高兴兴、欢声笑语;看不到我,看照片,我还是那个好样儿的妈妈。"

研究一下你的网购记录，尤其收货地址，那里面有你这几年的履历，有人物关系，有白手起家，有颠沛流离。

归去来辞

她来辞职，表示最终让她下决心的原因是雾霾。

是啊，去年十二月以来，红色预警又红色预警，最夸张的是邻市的一则新闻：本周雾霾一共两次，一次四天，一次两天半。

雾霾最浓时，公司选择放假，而她决定给人生放假。

我挽留她，她给我看她手机里在某网站最近的网购记录，大多是口罩，各式口罩，还有罗汉果。"清肺的。"她握着手机轻声说。我想起不久前，她打开包装盒，拿出一个给我时，也这么说过。

"我可以，但我的父母不可以整日在这里吸毒。"

她是独女，三年前离婚，无子。此后，她的父母便从老家赶来北京陪她，少则三个月，多则住半年。

"有一天，我发现水管里流出的水是蓝色的，"她指的是雾霾最重的那天，"我问自己，我辛辛苦苦在北京谋生活，难道为的是这种生活吗？"

"蓝色自来水？"我喃喃重复，我记得。

那天，我们集体在家办公，她在群里发了张照片：脸盆里蓝汪汪的，放在水池中央，在她租住的房子里。

"对，还有租住。"

离婚后，她和前夫把曾共有的房子卖了，折现，一人一半。但这几年房价飞涨，她始终没凑够再买一套房的钱。或者说，她没有办法在付完首付后，每月轻松还贷，悠然度日。

"我算了又算，算了又算，除非用我父母的退休金做生活费，我的钱才够用……我把每一笔开支列在纸上，看有无再节省的可能。我妈妈见到，很难过，她说，她的女儿六十多岁，还要欠银行钱啊！"

她又打开手机给我看她的网购记录了，"足迹"一栏显示，她看过窗帘、沙发、家装所需的各种小物件，但大多已经"失效""下架"。"我一直没下手，因为在北京有一个自己的家，太难了。"

这时，轮到我陪她一同叹息。

"相亲也难，"她摇摇头，"经济压力大，工作更要努力，节奏快，累得、忙得没时间去认识新的人。"

她还提到，有几次下班后，挤地铁去约会，走到约会的地儿，脂粉残，满地伤，只想瘫下来休息会儿。

她曾在电影院睡着过。

三年来，相亲的次数两只手数得过来，最后都不了了之了。

"你知道吗？在北京，发呆都觉得是在浪费生命……但即使生命一丁点都不浪费，我也不会有好的生活。"

看得出，她已经过深思熟虑，我同意与否，她都辞定了。

但我疑惑："回老家，问题就能解决吗？"

她显得振奋："在北京付首付的钱在老家能全款买房，这样就能相对自由。"

而后，她向我勾勒"相对自由"的生活：有亲戚，不同阶段的同学、朋友，这意味着社交圈，意味着解决婚姻问题的可能；重新找一份工作不难，只是和之前的收入不能比；她甚至想休息一段时间，毕业十年，她每两份工作间没有超过一个星期的间隙。

她打算在当地图书馆附近住，在大学报一个绘画班。

可以慢跑、骑自行车。

终于有空把在网上没写完的小说重新拾起。

这些她本以为在财务自由后才能实现的梦，瞬间来到眼前。

我浇一瓢冷水："要知道，你所想的，在老家未必能遇到和你一样的人，包括爱人……"

她和我同龄，在许多小城市已被视为中年人。

"要知道，在老家，人情往来要支出的精力、时间成本，比在北京大得多，你未必能得到想要的生活。"我接着说。

她笑了。

说起去年聚会时，见过初恋。"头发都没了，肚子也凸起来"，因为"太安逸"，他的妻子——她的另一个同学，埋怨他："人生的主题就是打麻将。"

那天她很早就走了，因为大家旁敲侧击，关于她的不婚、不生。

"那应该是小城很多人的常态吧，"她两手一摊，"我预感到一段时间内，我会是个异类，很难找到同类。但毕竟在北京十年，比一张白纸的从前改变许多。比如，择偶标准；比如，日子不能将就；比如，我希望每天都有时间从容读书、写字、画画。这也是我回去最重要的原因。"

稍晚些,她又提起"北京十年"。

她正式交接完,把私人用品打包、封箱、缠上胶带。

同事们商议着,快要过年了,最后一次福利年货待发,到时候把年货和箱子一起寄到她老家,她愉快地答应了。

回去后,她发给我一个地址,是截图,截的是网购记录的地址栏,写着她最新的老家门牌。

"截图时,我流泪了。"随图片到的,是她真正的告别辞:

"我浏览了十年来的收货地址,有学校、历任工作单位、买的房、租的房。还浏览了我收藏的店铺,第一次买职业装的地儿;婚礼时的敬酒服,比较了三家;购置工位上的书架和盆栽,多年来,已把小二泡成姐们;现在是搬家的塑料绳、大纸箱……北京十年,我的白手起家、颠沛流离、归去来辞,都在其中。不舍、复杂。"

"愿你一切都好,愿留或走,都是成熟、理智的选择。"我回她。

> 总有一个瞬间,你会忽然意识到,你再也没有资格撒娇。

当爸爸不再顶天立地时

孩子两岁了,她有过三次情绪失控。

头一次发生在刚出院时,回到家,她只见母亲,不见父亲。

临进产房,她还接到父母的短信:已出发,在开往北京的火车上。

她原以为他们已在家中等候,鸡汤在慢熬,酒酿正发酵,专为下奶的黑鱼在瓦罐里飘香——父亲听到敲门声,应当急匆匆地奔出来:"看看我的小外孙。"再急匆匆地跑回厨房:"哎呀,我的汤!"

但是没有。

她抿一口鸡汤,问:"我爸呢?"母亲支支吾吾,说父亲单位有事,过段时间再来。

她勃然大怒:"什么事比我还重要。"

众人一言不发,她继续:"为什么我爸不来?不相干的亲戚有事,他都扑过去解决……"

月嫂从房间里跑出来,把食指竖在嘴唇中间。她收声,而母亲哭了。

原来,父亲在登车前忽然发现半边脸失去知觉,胳膊、腿麻,继而不能动,母亲把他托付给前来送行的叔叔。"现在,检查结果是脑梗。"

她呆若木鸡,嘴张成O型。

天好像塌了下来。她在心里飞速计算着,是的,父亲脑梗时正是她被推进产房的那一刻。

原有的计划全部被打乱。

孕期照顾她的公婆本打算撤退,由她的父母照顾月子,现在他们又被留了下来。

公公、婆婆、月嫂、一家三口,还有坚决不走的妈妈,房子里的人空前多。而父亲一个人在家乡,虽说有至亲照顾着,但……

月子里,她常睡不着觉。

更重要的是,一个家的平衡从此被打破。

从前,父亲是天,所有麻烦汇聚到他那里解决。现在,他是受照顾的——夫妻三十多年,母亲还不太会做饭,而她直到上大学才会自己洗头。在父亲的呵护下,她们都没有照顾别人的经验。

快出月子的时候,父亲终于来了一趟北京。他说他恢复得很好:"我在脑梗中算很轻很轻的。"但第二天,他又因眼睛剧痛,就近住了院。

"我算很轻很轻的。"父亲坚持着,他和母亲拎着行李与她作别,仍这么说。

此后,她和父亲在网上交流,时间长了,最初的崩溃便慢慢变淡。

奶粉、尿布、湿疹……每天都有新情况。何况,她和父亲的谈话与过去相似,除了关键词多了"孩子""检查""注意饮食"。

一段时间之后,父亲重新上班,她天真地以为生活又恢复了清静、有序的模样。视频中父亲笑呵呵的,电话里母亲解释:"他在家总唉声叹气,说自己没用,还不如上班。"

一年后的一天,她蓬头垢面出现在办公室。

前一夜根本没睡。

"你知道,凌晨两点在医院,挂完号发现前面排着一百三十六个人,怀里抱着滚烫的孩子,心里想着明天还有多少事要做,是什么感觉吗?"

她手动,嘴也动,千里之外的父亲和办公室里的同事同时收到了她的讯息。

同事附和着。父亲则在电脑那头回应:"我怎么不知道?你小时候发烧,大雪天,下夜班,我用大衣裹着你,骑车去医院。下了车,冻得话都说不出来。"

"工作、家庭、孩子、保姆、自己想做的……没有哪一件是我能搞定的,随时都想大哭一场,每次哭,我都感到羞耻——是我无能。"

她打着字,又觉得自己无能,眼泪吧嗒吧嗒地掉在键盘上。

"过了这个阶段就好了。"

"孩子上幼儿园就好了。"

父亲和同事说了差不多的话。

她去卫生间擦了把脸。回到办公室,QQ上头像还在闪烁。"有一年,你妈低血糖晕在床上,你也生病,我照顾你们两个,不也过来了吗?"父亲还在安慰。

她出了会儿神:五岁的那个夜晚,父亲一遍遍地擦洗她的腋窝、额头、手心……她都记得。

其实,有孩子后,她常这样出神,包括昨晚在医院,前面排着一百三十六个人时。她总想:同样的年纪,遇到同样的事,她不会比她的父母处理得更好。

电话铃声把她拉回现实,眼前还有许多事。她打字:"爸,我忙了。"

日子还得继续,这些烦恼如很多烦恼一样,很快被抛在脑后。

几天后,她在城铁上无聊,打开手机,看到一条未读短信。"以后有什么事都跟我说,别跟你爸说。你爸爸已经不是过去顶天立地的爸爸了,你说累、什么都搞不定,你爸这几天都没睡着觉。"

是妈妈。

城铁空得出奇。她原本坐着,靠着椅背,看疾驰而过的风景。此刻,短信里几十个字如冰淇淋上的巧克力豆,在她心里慢慢消融又粒粒分明。

她又看了一遍:"你爸爸已经不是过去顶天立地的爸爸了。"

雪地里抱着她的爸爸,给她洗头洗到高中毕业的爸爸,任由她发火、抱怨、撒娇的爸爸……

半边脸失去知觉,胳膊、腿不能动的爸爸,坚持说"很轻很轻"的爸爸,安慰她后转而睡不着觉的爸爸,在家里转来转去说自己没用的爸爸……

她双手捂着脸,在城铁上号啕大哭。

"中年后的每次哭,我都感到羞耻,因为我哭,说明我无能。"她回短信给妈妈,"除了今天。我哭,因为我发现我再没有撒娇的资格,不能向任何人求助,我是家里的顶梁柱。三十多岁的人了,孩子的妈,今天才知道我必须长大。"

那只叫"好强"的虫子会让我们变成更好的自己,也会吞噬掉我们的快乐、从容和平静,你再完美,也仍然焦虑,你因它永无止境,也因它永无宁日。

一只叫"好强"的虫子

她是业内翘楚。

最经典的案例是:曾将一个网上热帖发展成一本畅销书,继而畅销书衍生电影,带动周边产品,成为一时话题。

她的家庭也不错。

父母安康,孩子可爱,丈夫温柔,各种生活硬件应有尽有。

如果说有什么不完美,大概就是她的过敏体质吧,总长痘。

但那痘,也不是过分的,她的下属反而恭维她"一直活在青春期",她的外号便是"青春期一姐"。

一段时间内,她给我的印象是"铁打的"。

她常在凌晨三点发布消息:想到一个绝好的选题。

产假没休完,她就回单位上班;孩子尚在哺乳期,她需要出差,都有人主动代她了,她却出人意料、打扮停当地出现在机场,在飞机上,还抽空去卫生间挤奶。

"一姐,你简直是一百分女人,门门课一百分,"一次闲聊,我向她表达我的仰慕,"你真拼。"

她接受赞美,一手支额角,一手食指指自己的胸口:"因为,我总感觉这里有一只小虫子在咬。"

我大吃一惊,拐弯抹角问她,是不是得了什么恶疾。

她挥挥手,谈起她的过往——

她曾考过四年大学。

前三年不是没考上,而是每次都差几分,距她心中最好的那所。

第一份录取通知书到,她看都没看就撕了。家人从垃圾桶中捡起碎片,拼起来,众亲戚传阅,啧啧赞叹她"真有心气"。

他们以她为例教育子女:"本省最好的××大学,她都不屑一顾,非读国内第一的不可。"

"不是那些大学不好,而是我心里的小虫子会咬我。"她解释。

于是,她在家复习,大门不出,二门不迈,精神高度紧张,头发都脱落了好些。

第二年,她踌躇满志;第三年,她志在必得。

造化弄人,考到第四回,她已是全学区的传说。录取通知书到,她复印了很多份,寄给亲朋好友,曾经的老师、同学,"昭告天下""一雪前耻"。

类似被虫咬的感觉再度造访她,是她的初恋离开她后。

他出国了,不久后,用一封信解除恋爱关系。

人人都知道她有个前程似锦的未婚夫,还曾百般秀恩爱。于是,纵使失恋,骄傲的她也在人前绝口不提,只每天咬着枕巾流泪、失眠。

她在相亲网站上注册，圈定目标对象的年龄、职业、收入范围。之后，她遇见一个高富帅，心里认定那就是她的白马王子了。但谈了一段时间恋爱，白马王子忽然向她借钱，拿到钱后，就消失了。

虫也咬得更厉害了。

直到和现在的先生确定关系，被虫噬的感觉才消除。

她才向周围的人公布，曾在情路上遇到的坎坷："我发誓，一定要找到比初恋更好的。"

"啊，你真拼，无论哪方面，"我由衷地说，"可现在这么好，为什么又有小虫子咬？"

她叹口气，提起她之前经历的数家单位。

她提起她碰到的小人、难缠的领导、不合作的搭档、根本不可行的计划和她原本可以做得更好的事儿，成得更早的名。

她又提到几个人，他们分别在不同领域有建树，看来是她的朋友。"有时候和他们聚，我就想，我已经年纪老大，却一事无成，成的那些也不算什么……"

而她对人生有详细的目标及时间的设定，三十岁时应该如何，三十五岁时、四十岁时……

"我的时间不多了……我能不拼吗？"完美的她脸上闪过不完美的急迫和焦虑，语速也快了。

我沉默着，不知应对。

"我很清楚，我的小虫子叫'好强'，"她摊摊手，"没办法，我管不住它。"

这时，她看看表，结束话题。

她站起身,打开柜子,取出卷成圆柱体的瑜伽垫、运动服、洗漱包。

她说她要去健身了,还说,这些年她把别人吃晚饭的时间都用来减肥、练体形、做美容。

"没办法不努力啊,"她指着办公室外一个个格子间里一张张正值青春的脸,"每当看看他们,再照照镜子,真觉得自己的脸被虫咬过。"

她扑扑粉,遮掩她新增的痘。

我们一起出门。

她脖子修长、体态得体、周身名牌,沿途不断有晚辈恭敬地向她问好。

她是一些人的偶像,"一姐"之称,实至名归。

我知道,她健身完还要回办公室,通常加班到深夜。

她会在凌晨、在清醒时、在睡眠中,都惦记着工作,因为"人才辈出,不能不拼"——她在一次业内演讲中挥舞着拳头喊过口号。

她把这种紧张、好强、能拼也带进生活的各方面,锲而不舍、矢志不渝,所以呈现在人前的平均分是一百分,不然她就会被虫咬,不然她就过不去"时间不多了"的扪心自问。

她挥手和我作别,我目送着她,竟然一阵心悸。

她回忆往事时,我也不禁在脑海中盘点我的各种不如意和别人的如意;我本来能,却没能,现在努把力还能的事儿;我想与之并肩,但必须踮起脚尖才能够到的人……

我被她传染了,也像被虫咬,可我有些犹豫——

那只叫"好强"的虫子会让我们变成更好的自己,但不加控制地任它生长,它也会吞噬掉我们的快乐、从容和平静吧。你再完美,也仍然焦虑,你因它永无止境,也因它永无宁日。

人世间最可怕的是，你有一颗审美的心，却在粗暴的环境里，蜷缩着生存。

小花伞

一

爸爸送了李乐一把伞。

伞骨锃亮，伞面橘黄，一朵朵小碎花星点分布，此起彼伏，在伞边收住，垂下绢布小花蕾做流苏。

李乐曾在附近商厦的橱窗里见过它。它被小心撑开，端放在塑料草坪上，被当作工艺品展出。李乐从未想过会拥有它，六月的一个周末，爸爸把它带回家，兴冲冲地放在李乐面前，他说："女儿啊，你快看，这简直是一把理想中的伞。"

李乐撑开它转圈，一粒粒流苏在眼前飞舞。爸爸喜欢诗词歌赋那些事儿，吟起了《雨巷》："撑着油纸伞，独自彷徨在悠长、悠长又寂寥的雨巷……"他说："女孩子就应该有一把这样的伞。"

李乐才没空理会爸爸的抒情呢，她举着伞从客厅晃到卧室，在镜子前照来照去。等她玩够了，收了伞，爸爸已离开客厅。"当当当"，厨房里，他把案板剁得铿锵有力。

李乐后来才知道,爸爸为此挨了批。也是,上世纪九十年代末,花两百多元买一把伞,用李乐妈的话来说,"打了,会飞吗"。不过,这不关李乐的事,雨季来了,小花伞让李乐在校园、小区、大街上,所到之处都出尽了风头。

甚至有一天,李乐在路上碰到一个不太熟的男生。小雨细如牛毛,他路过李乐,又回头:"我没带伞,能和你挤一下吗?"他俩穿过一条狭长的林荫道才走到学校,伞边的小花蕾沾着细雨轻轻晃动,如李乐扑扑跳的心。她的脑海里浮现起《雨巷》,突然觉得,这个夏天因为小花伞而变得浪漫、诗意。

二

一个月后,这把花伞被拆得七零八落的。

伞面成一块破布,伞骨一根根,残骸堆在角落,像逃将临阵丢弃的盔甲。李乐崩溃地问奶奶,奶奶朝爷爷努努嘴。李乐又追向爷爷,爷爷满不在乎地说,上回李乐把伞落在这儿了,他撑伞时觉得涩,就拆开研究下,谁知怎么也装不回去了。

"怎么会装不回去呢?"李乐蹲在一旁喃喃。后来,她干脆坐在地上,把伞面摊在腿上,拿着伞骨试图拼凑。当然,一切是徒劳的,最后,折腾得筋疲力尽的她哭了。直至门铃响,李乐的父母来了,她才爬起来,抓着橘黄色破伞面冲过去,对他们哭诉。

爸爸拉着李乐就走,没人拦得住。

走之前,他向爷爷大声嚷嚷,"什么东西好,你就要破坏什么""都要毁掉"。爷爷本来就脾气暴躁,此刻更暴,他开始强调爸爸对他什么态度："不就是一把伞吗？"但爸爸已经离开伞讨论人生问题了："什么东西好……你就要破坏什么……我这一辈子都毁在你手里了。"

爷爷摔破杯子，爸爸狠狠地关上门，扬长而去。李乐被妈妈搡着："跟着你爸！"

一路上，爸爸没说话。

他们没坐车，步行四十分钟才到家。

进了家门，爸爸没有换鞋，而是一屁股陷进沙发。他的胳膊搭在扶手上，脸色阴沉。过了一会儿，爸爸哭了，李乐站在一边，手足无措。

日后，李乐听过她的两个伯伯聊天。

大伯对二伯说，看过爸爸写的诗，七言和五言，稿纸一摞摞。"后来都交'上面'了。"二伯压低声音，"没交的，也被他撕了、烧了。"

"他"便是爸爸。

又日后，李乐才把这段话和爸爸那天的嚷嚷以及哭对上号——当工人的父母把二十岁儿子的文字当作毒草交了公。笑、哄闹、批斗，自己承认美是丑的、对是错的，然后偃旗息鼓，运动结束。父母松了口气，自认为挽救了儿子。

对于儿子呢？

这是一生难以磨灭的创伤，关于美好，关于破坏。

一切恢复原状，那把花伞和它引发的争吵很快烟消云散。

破伞面被李乐的奶奶折好，放在鞋柜的一角，一如她之前精心埋葬一只猫；伞骨被收纳得整整齐齐，不久之后，爷爷拿它们做了个毛巾架。

三

十多年后的一天,李乐在爸爸的办公室等他下班。

闲极无聊,她翻爸爸的抽屉,图纸、铅笔、尺……一叠报价单下,是一本淡绿色封面的《宋词选》。

这让李乐想起小时候。

一次妈妈出差,爸爸带着李乐上夜班。半夜醒来,车间休息室里只有李乐一个人。李乐翻爸爸的柜子,在工作服、搪瓷缸、各式工具中,也是一本《宋词选》,静静地躺在那儿。

脚步声传来,爸爸和同事们鱼贯而入。一看到李乐,某阿姨用一贯夸张的口吻说,"真有出息""××大毕业,××处工作",大家附和着,爸爸分明吃这一套,笑得很得意。

李乐的眼前闪过那本《宋词选》。

原本这次回来,她有一肚子苦水想倒,但爸爸这么得意,为"××大""××处"和"出息"……或许也不值得倒,对于一个一度在嘈杂车间,于一众卷着裤腿、喷着烟、捏着牌、吆喝着下注的工友中,读一本宋词的父亲来说,李乐的烦恼又算得了什么呢?

是啊,又算得了什么呢?无非、不过,在粗暴的环境中求生存而已。

老板常踢开门,将某个员工,比如李乐,做了一夜的报告摔在桌上,再用食指指着问:"你他妈的这种策划能赚钱吗?"

老板爱说:"快餐文化,就是要快,不要文化!"

李乐烦恼的是被支配、被呵斥,更烦恼做所谓的文化工作越久,就离真正的文化越远。

一天开会。老板强迫李乐做一个性暗示明显的文案,被她拒绝。

她初出茅庐,直接、稚嫩,理由是:"我有我的操守。"

老板大笑起来,连带着满屋子人都跟着笑。他又一抹嘴:"你装什么装?"刹那间,李乐像一只被剥皮的熊,痛,无处可藏。还没缓过神,"像你这样的满大街都是""挑肥拣瘦,赔了违约金就滚蛋",老板的话一句接一句来了。

血往上涌,李乐想拍桌子走人,但被同事摁住——其实是被违约金、房贷……人生大小事,懦弱的不知会发生什么的李乐伸出手摁住。

会议继续。

李乐别过脸。少顷,她看见窗户缝里渗出一束阳光。

耳边是粗暴的与美没有任何关系的语言;眼前是细微的灵动的灰尘在阳光中舞蹈——

她哭了。

她离开会议室,在洗手间接着哭。

每日里挣扎着生存,为生存而忍耐。在嗯嗯啊啊、唯唯诺诺中,她已失去欣赏美好的能力。

她刚才对着那缕阳光,现在对着镜子,电光火石间,爸爸哭泣的脸、破伞、宋词一齐冲到眼前。

四

上世纪九十年代末,爸爸送了李乐一把伞。

以当时的经济情况和实际需要而言,那把伞实在多余。可爸爸说,女孩子就该有把那样的伞,他还背了《雨巷》,现在想来,那点诗意不过是粗暴生活中，爸爸企图保留的最后一点美好。他之所以后来大哭，是因为连这最后一点美好也没保住，"都毁掉了"。

李乐习惯了在厨房中当当作响的他，没想过写七言、五言的他。

李乐习惯了深夜里画图纸的他，没想过在图纸下压一本《宋词选》的他。

他后来与爷爷重归于好，也曾把毛巾搭在小花伞伞骨做的毛巾架上。

他努力给李乐一切他认为美的、理想的，他希望他没有完成的、拥有的，她能。

李乐辞职了。

从洗手间出来。

没有了那份高薪工作，但她有很多梦想可以去实现：再读一个学位，这次是喜欢的专业，不考虑清贫与否，打算坐十年冷板凳；换一个城市生活，不去管人们的议论；扔掉大房子，摆脱高房贷的束缚；去旅游，看世界和人；她的一个朋友开了间书吧，她也想……

她不能像爸爸那样，一生蜷缩着生存，对美心向往之，却与之绝缘。

她办完手续出来，艳阳高照，便去附近的超市买了把伞。

她撑开，握着伞柄轻轻扭转，想起十几年前的爸爸兴冲冲的样子："女儿啊，你快看，这是一把理想中的伞。"

她相信，这次回家，能说服他。

有一天，你发现所谓错过不是任何一方的过错，也许会释然，那些青春期的结将一一打开。

第三次
表白

一

陈丹十七岁时就向齐星表白过。

可惜，表白方式太隐蔽，事隔七年齐星才明了。

那时已是二〇〇四年六月，在北京。齐星邀陈丹去看演唱会，散场后出工体，人山人海。打不着车，两人便一路走一路聊，忽然，齐星说："今天是我生日。"陈丹笑："我知道。"

齐星愕然，他没向她提过他的生日是哪天。

陈丹歪头看他，笑了一会儿，说："我真知道，我还送过你生日礼物，只是你不清楚是我罢了。"齐星挠了半天脑门，也没在记忆里搜索出所谓的礼物。陈丹提示着，"高二""小熊""早操后""座位上"，几个关键词拼接起来，齐星如拨开层层迷雾，回到七年前的那一天，他恍然大悟："原来是你！"眼神瞬间蒙眬。

七年前，陈丹青涩、羞涩，尤其是在齐星面前。她喜欢齐星，却从未和齐星单独说过话。她总在每天早上广播体操转体运动那一节回身时，在人群中慌乱撞上齐星的眼睛——到此为止，仅此而已。

那天，是齐星生日。

陈丹不知怎么打听了来，在精品屋买了只小熊玩偶和同样图案的发夹。大伙儿都去做早操了，她从书包里掏出小熊放在齐星的座位上。她摸摸小熊胸口写着的红色花体字"I love you"，又摸摸粉蓝发夹上凸起的图案，小跑着奔向操场，小熊在她脑勺后一晃一晃的。

一整天，同学们都在打趣齐星，但直至放学，也没人注意玩偶和发夹的巧合。晚上，陈丹辗转难眠："齐星看都没看我一眼，想都没往我这儿想，可见心里没有我。"少女的心在寂静的夜里品味着淡淡的哀伤。

"没想到吧？"陈丹笑，像说别人的故事。

齐星大窘，不知该怎么回答。是啊，他是说"谢谢你的爱"，还是"现在才告诉我，你好坏"。还是陈丹一语化解了尴尬："现在想想小时候的事儿，真有意思。"

这是他们在异乡重逢的第一百一十四天，在此之前失去联系好几年。

若不是那日在国家图书馆复印资料时，陈丹张口便喊出齐星的名字，两人就擦肩而过了。当时，齐星身边还站着个高个女孩，她微微笑，从容地看着齐星和陈丹的相认。齐星想起来，把她推到陈丹面前："我女朋友。"

一直没打到车，走到陈丹的学校时已是凌晨一点。

眼看要到宿舍楼了，陈丹却跺着脚喊糟糕——这个时间早锁门了。齐星抱歉地说："都怪我，拉你去看演唱会。"他提议，反正第二天是周末，不如去通宵看电影打发时间。陈丹看看他，终究没问"你女朋友呢"这个一晚上想问的问题。

两人穿过校园,只听见彼此的脚步声。

二

半年后的一天,陈丹决定和齐星做个了断。

她受不了自己——每天期待着齐星上线,更受不了齐星——他总不经意地出现。虽说齐星每次都只是路过,顺便叫她吃个饭,但只要电话响,他的声音传来,陈丹就会手足无措。

陈丹更讨厌控制不了自己。

现在,她最控制不了的就是胡思乱想。想齐星是不是只把她当普通朋友;想齐星对她究竟是什么意思;还有,他会和女朋友分手吗?

陈丹又失眠了,一如一九九七年齐星生日那天晚上。

第二天,她被齐星的电话叫醒。齐星问她:"去不去周老师家拜年?"周老师是他们高中时的班主任。

晚上回来,雪花纷飞,同去的同学一一作别。齐星说:"我送你。"陈丹一伸手,雪花飘在她的掌心,她说:"好。"心里想的却是:好,就今晚说个清楚吧。

出租车上,齐星还回味着刚才的聚会。什么"周老师不见老"啊,"没想到葛斌和邓虹是一对"啊。忽然,他问:"对了,你高三时怎么数学突然好起来,别说周老师了,我都吃惊。"

陈丹一直没说话,这时,她伸出手,将掌心贴在齐星的手背上。齐星刚还在高谈阔论,现在戛然停止。过了一会儿,他不动声色佯装掏什么,把手抽出来,陈丹心里"咯噔"一下,久违的哀伤穿过时光杀回来，撕破淡淡的外衣，变得浓烈、灼心。

直到陈丹家楼下，两人都保持着沉默。

最后，齐星打破僵局，说："回去吧，太晚了。"陈丹的无限委屈迸发出无限的勇气和激情，齐星一转身，她从背后抱住了他："我喜欢你。"齐星的背一瞬间僵住，一瞬如万年，他慢慢转过来，陈丹还是不放手，把头埋在他胸口："我喜欢你。"

齐星的呼吸重了，他说："陈丹，别这样。我把你当作在北京最亲的人，我们做朋友不是很好吗？"

陈丹想，哪怕以后不见了，也好过现在每天猜心度日受折磨。她呢喃着："不，我不要和你做朋友。"她抬起头，吻了齐星。

齐星并没有拒绝她。甚至，陈丹发觉不知何时起，齐星的手已放在她的背上，开始还只是搭在两侧，慢慢地，已在她身后合拢。齐星说："我也喜欢你。"

接下来，竟是漫长的谈判。

谈判持续了一个月，从故乡到异乡。他们成夜成夜地打电话，打到握着话筒就睡着了，齐星总说："对不起，是我昏了头，我有女朋友了。"一日，陈丹回："我知道你们之间有问题。"她还想继续分析下去，却被齐星堵住："那也是属于我们的问题，和你没关系。"

春暖花开时，齐星最后一次来看陈丹。

在一家叫"水穿石"的咖啡馆，他们各叫了一杯牛奶。齐星笑："别人一定觉得我们很奇怪，在咖啡馆喝牛奶。"陈丹一点开玩笑的兴致也没有，窗外来来往往的都是背书包的学生。她想起有个晚上，他们穿过校园去看电影，她还记得那一刻的虫鸣和星星，可惜那时两人间的轻松、放松的状态再也找不到了。

齐星说:"春节的事,我很抱歉。我想来想去,我们还是做好朋友吧。"

陈丹盯着他,好半天,问:"你真的不考虑我?"

齐星用指肚来回摩挲着牛奶杯,他没有抬头:"我没法考虑,我女朋友和我很多年了。"陈丹忽然激动:"你明明说过你也喜欢我的。"齐星竟答:"也许那天……我只是……生理反应。"

陈丹离席而去。

三

陈丹后来很后悔,和齐星最后一次见面表现得有些失礼。

不过也无所谓,反正老死不相往来了,再说,年轻时谁没有任性、无理过几回?只是有时在网上看到讨论小三和正室的帖子,陈丹总和朋友们打趣,我还做过小三呢,不过没成功。

说这话时,她早成了某人的正室,没多久,又做了某小人儿的母亲。

她和齐星没有再联系,一去七年了。

最初,是她决绝,把所有的地址、号码都换了个遍;后来,事情过去了,想恢复联系也无从恢复。

所以陈丹在李梅家遇到齐星时,两人都大吃一惊。

当时,李梅和丈夫正招呼着人生各阶段的朋友,共庆乔迁之喜。李梅介绍:"陈丹,我小学同学,齐星,我老公的大学……"话没说完,齐星就笑了:"我俩是高中同学。""世界真小!"与座众人惊呼道。

陈丹的儿子乐乐满屋乱跑，直至另一个同龄孩子出现，陈丹才得空靠在沙发上喝杯茶。茶杯空了，续水的是齐星。

"谢谢。"不知为何，陈丹脸红了。

"这几年好吗？"齐星坐在她身边，倾身去茶几上摸了一个开心果剥，陈丹说"好"，对着他宽阔的背。

屋里一片喧嚣，李梅带着几个热心观众上上下下参观着。

只有陈丹和齐星间维持着令人窒息的安静。突然，齐星说："我后来打你电话不通，给你写邮件你不回，我还去过你家……谁知道，你家已经搬了。"

陈丹明知故问："噢，找我有事？"

"没事，只是发现找不到你了，心里就像缺了一块。"齐星的开心果始终没有剥开。

陈丹心里"轰"的一下，她猜到齐星之后联系过她，却没想到会有这样的表白。

"你什么时候结婚的？"齐星问。

陈丹没吭声，前尘往事齐聚眼前，她有千万个问题想问齐星，一一过滤后都不想再问。最后，她只问了最关心的："你喜欢过我吗？"

这时，乐乐扑了过来，每天一百次地问："妈妈，你喜欢我吗？""喜欢。"陈丹每天一百次地回答。她塞了一粒话梅在乐乐嘴里，乐乐欢呼着跑开。

"喜欢。"齐星重复着她刚才的回答。

他有眼泪流下来，却有人招呼他们入席，直至饭局结束，两人都没再说话。

结束后，陈丹的老公打电话来，说他也在附近，说好一个地点和他们母子会合。李梅盛情邀请陈丹老公上来坐坐，被陈丹婉拒了，她抱着乐乐，说："先告辞了，来日再聚。"她远远地和齐星打了个招呼。

　　稍后，陈丹收到条短信，陌生的号码。"当年我只是觉得那样不道德。后来想，起码等我结束了上一段感情，再和你开始。不过，那时我已经找不到你了。"

　　陈丹明白是谁，她的手指按在手机上，不知道怎么回，也不知道该不该回。

　　有些事她已经知道了，有些事齐星永远不知道——比如研究生楼从不锁门，那晚她只想和他多待一会儿；比如高三时她的数学突飞猛进，只因为他是数学课代表，她做的一切都为吸引他的注意。

　　说与不说又怎么样，这已是他们之间的第三次表白。

最远的远方是故乡。

最远的
远方

一

芒果所知的第一个远方是泰安。

那是她的祖籍,写在户口本上,被爸爸挂在嘴边,从爷爷的乡音里可以听得出。

其实,别说芒果,连芒果的爸爸都没在泰安生活过。上世纪四十年代山东大灾,爷爷来到安徽,这一来就是七十年。

十一岁,芒果第一次踏上泰安的土地。

成年后,她只记得那一次坐了十几个小时的火车,窗外的风景从平原到山丘。入夜,她把头放在爸爸的腿上,在火车硬座上蜷成一个"S"形。车逢站必停,芒果在睡梦中,总听到有人上车下车。

两排座位都是芒果的家人,其中大部分是第一次去泰安。他们此行的目的是奔丧——芒果爷爷的母亲、她喊"太太"的,去世了。消息传到合肥,再分头传递,传到芒果家,正在放暑假的她跑到爸爸办公室,推开门,上气不接下气:"太太死了……爷爷说,我们要马上回山东。"

芒果用了"回"字,可见心里也是把山东泰安当家的。

在这之后的十几年，尤其她能独立填写各种表格时，也习惯把籍贯填成那里。每每写下"山东泰安"这四个字，她就觉得骄傲，骄傲自己和身边那些土生土长的、操着安徽合肥口音的同学不同，她属于一个他们完全不知道的远方。她还总用爸爸告诉她的词儿形容自己和合肥的关系，"客居"。"客居"是临时状态，随时都会走，只这一点，她就自觉多了几分神秘和浪漫。

那一次，太太的丧事并没给芒果留下什么深刻的印象。暑假归来，她却成了班里最红的人。

语文课，她几乎做了《雨中登泰山》的主讲。她提起泰山的险峻、泰山的高，结尾是："泰山厉害吧，我家的祖坟就在泰山上。"

此后，泰安之行被分成块儿、搓成末儿，分化、消解在芒果的社交性谈话中。

她总是眉飞色舞，指手画脚，告诉小伙伴岱庙里肃穆的、纯铜制作的亭子；泰安亲戚喝大米粥顺着碗边吸溜的姿势。她把回程时在火车站买的贝壳项链挂在脖子上很久很久……

它们都是芒果的炫耀物、展示品，包括只是符号的祖籍。

这个符号的意义，许多年后芒果才能精确解释：如《倚天屠龙记》中小昭的传奇一部分来自"波斯"这个地名，对于她，祖籍、远方是一个希望与众不同，生活又乏善可陈的少年给自己的"不一样"的心理标签。

二

芒果向往的第一个远方是西安。

这时，她在江边一座小城读大三。

芒果的表姐在西安一所大学教书，该大学有全国最强、某个朝代断代史的研究团队。

一个深夜，芒果打电话给表姐，拜托她联系导师。很快有了回音，表姐邀她春节去西安过年，顺带见导师。

芒果有了动力。

一时间，她最爱去的地方就是自习室。熄灯后，她会抱着书转移到阶梯大教室，那里有多一个小时的光明。她甚至爱上了总在阶梯教室坐她前排的男生，他很沉默，一直埋头看书，等到阶梯教室也一片黑暗之后，他会取出蜡烛，点上，继续用功。

寒假，芒果直接从江城出发去西安，这是她第一次独自出远门。她带着一幅可折叠的西安地图，还有一册《简明中国历史地图集》，谭其骧编的，土黄色封面。

她在卧铺上趴着，脸对着车窗，看南方的细水变成北方的洪波，黄土高坡扑面而来，她幻想历史和现实重合，她的足迹将和玄奘、李白、则天皇帝重合，这就是她的朝天阙之旅。

在西安，她打量着四四方方的城，走在钟楼、鼓楼脚下。

导师家就在学校附近，小区很乱——楼的号牌不是根据位置的顺序，而是根据建筑的先后顺序。即便去过的表姐也找了很久，及至进门，导师和师母热情洋溢地招呼她们，芒果还在晕头转向中。

当她回到江城，对着室友眉飞色舞，一如小时候谈泰安。她埋在心里不想谈的，是关于导师的书房和那所大学。

那天饭后，他们喝茶。四壁书环绕，导师将澄黄茶汤倒在青花瓷小杯子里。"世上最好的地方是家,家中最光明的地方是书房",芒果忽然想起了这句话。

至于那所大学,在表姐的办公室芒果看到大雁塔,她想起许巍登此塔纪念玄奘写下的《蓝莲花》,顿时觉得袍带生风,发誓要成为这学校、这城市的一分子。

三

芒果想留下的第一个远方是北京——为感情,也为更好的前途。

这时,她研究生毕业,投出去很多份简历,大多杳无音讯。有时她甚至怀疑,读了那么多年书,能否养得活自己。

一日,她去一家国企面试,古色古香的街道,对口的文字工作,她真想当场签下卖身契。一切异乎寻常的顺利,过五关斩六将,历经好几轮,最后接到通知,"不要女生"。

于是,一个清晨,她站在朝阳门——该企业的上级机关门口,狠狠心冲了进去。她告诉传达室老伯,她要找某某,具体什么事,见了面才能说。某某是该机关最大的领导。她面色从容,态度坚定,老伯竟然放行。当然,她还带着一个信封——她曾向某某书信请教过一个问题,竟得到回复,信封上寄信人的姓名具有一定放行权。

芒果又原样对付了某某的秘书。事情比想象的、甚至设计的还顺利,她敲开某某的门,绕过人力资源部自荐成功。"你的勇气,我喜欢。"某某上上下下打量了她一会儿,目露欣赏。

春风十里,虽然春天已尽。

她冲回古色古香的街道签合约,她经过一间画廊,上面标着"大

4"。日后再路过，认真看，才发现是"大千"，张大千的大千。

签罢合同，芒果在电话里向男朋友报告好消息。挂了电话，直接进了一家房屋中介，她颤着声告诉经纪人："我的第一个家要怎样，在哪里。"

四

芒果怀念的第一个远方是家乡。

她出差在青岛，大学同学章和夫人一起接待她。他们追忆当年，风声、潮声、灯光、烛光。

章问芒果的行程，芒果说，昨天在兰州，明天去重庆，这就是她现在的生活——工作安排得满满当当，见的人一拨接一拨，从首都机场出发时，还约了人在咖啡馆谈事。

章说："我记得你以前说过，你是山东人，客居安徽。"

章夫人插嘴："山东哪里？"

芒果不禁大笑，想起直到大学还用祖籍，用所谓的远方来表现自己的不一样。如今，她越来越不想在陌生的地方游或留，因为城市长得像，也因为太容易到达，"远方"的魅力大不如前。

"从胃出发，我对出生地的归属感更坚定。"芒果向章夫人解释，满桌海鲜，她还是点了清炖的老母鸡汤，"现在写籍贯都写安徽合肥，山东泰安是我爷爷的故乡。"

当晚，躺在宾馆的床上，芒果失眠了。她历数走过的地方、留下的地方、待过的地方、想去的地方。

这十年，北京已从她的客场变成主场。东城、南城、北城都住过。

同学、熟人、新旧同事遍布城市的各个角落。有时，路过某条街，她就会想，叫谁出来喝茶方便？

而真正的家？从出生到十八岁生活过的家，她倒像个过客，总是匆匆而过、出差路过、节假日集中几天过。

不认识路，拆迁、修路、搬家……

不认识人，熟悉的人都失去联系，或和她一样，奔向远方。

三孝口的科教书店，她年少时的最爱，如今已改装；四牌楼的天桥不见了，她曾和最好的朋友买了小虎队的专辑，走在天桥上，挤在一起用同一个耳机听……她闭上眼都能画出记忆中老合肥的主干道、主要建筑物——因为不可恢复，所以它们成为她最不可能抵达的远方。

五

有的远方用来寻根，有的远方用来思考要做什么样的人。

有的远方用来谋生，有的远方用来做线，牵着你，你是风筝。

这是芒果的前半生。

浪漫不过是一个人的内心戏，你读多少书行多远的路，交什么样的朋友，选择何种生活方式决定你能感知或为自己营造的意境——只做有审美意义的事，是一个人就能解决，也最靠得住的浪漫。

靠得住的浪漫

年轻时，以为浪漫是场对手戏。

最羡慕宿舍楼下摆放九百九十九朵玫瑰，用蜡烛围成心，男生单膝跪在中间，向楼上某个姑娘喊"我爱你"。

最恨情人节时和男朋友一起走在步行街。有人兜售玫瑰，直到那人脸对着脸问："来一朵？"他也脸对着脸问："来一朵？"

更不用说，终于成婚，蜜月出去旅行。在西湖，你想漫步断桥，感受"白蛇送伞，许仙惊鸿"的一瞬，而他却伸伸懒腰："哎，我在杭州有几个哥们儿，你散步，我去喝酒？"

就此闹掰。你哭着去了灵隐寺，济公记住了你的眼泪；他懊恼着，在旅馆里猛打游戏，末了，还是去喝酒。

多年后，提到那次旅行，你大叫："我永远不会原谅你！"他则认为你是无理取闹："各自去做喜欢的事，不好吗？"那样子，仿佛是你爱计较。

不浪漫，无美感。

没有美感的生活是无法忍受的，你只怪找错了对手。你把这苦恼和朋友分享，发现他们也有类似的烦恼。

比如，纪念日订了大餐，一方雀跃，另一方默默退了订，理由是"我做的比饭店好，还不贵"。

比如，相约去看电影，到了电影院发现没带卡，一方说："明天再来吧？"另一方气得甩了手："明天，明天就没今天的心情了！"

罄竹难书。

每个心存浪漫的人都或多或少有着不满。

不满多了，也就死了心，因为你终于发现需要人配合完成的、期待对方做出反应的，都不可靠，你根本无法控制。

于是，你越来越习惯一个人去找节目。

这几年，吃得最香、环境最好、感受美的意境最强烈的饭馆以及话剧、电影、好的风景，你统统是和同性好友光临、体验的。

异性朋友当然也有，合作伙伴、同学、同事、前同事……

偶尔，只是偶尔，你也能感受到浪漫。比如，谁兜兜转转十几年后找到你；谁和你前一天谈台儿庄战役，后一天发来短信："出差去台儿庄，下雪了，想到你。"你心里微颤一下，就颤么一下，便罢了。

你还是不能忍受没有美感的生活，没有一丝浪漫的庸常日子。

你又讨厌干什么都需要人陪，你心里很清楚，那只说明你的脆弱，你的内心不够充盈，你不是一个自给自足的体系。

你开始着意寻找一个人的节目。

一个人看书，一个人泡一下午，一个人去KTV，服务员在茶色玻璃门外来回走动，怕你想不开，而你唱得很尽兴。

你的小本子上列着密密麻麻的计划，工作的、家庭的、爱好的、社交的、纯粹审美的……

是啊，审美。

你现在发现，所谓浪漫就是在普通日子里仍保持审美。因为美，你和你的日子都会发光。

那天，你陪一个外地来的朋友逛琉璃厂，她说："我要买几本工笔画画册。"你问她："给孩子买的？以前学过？"她都摇头，她说，她年少时的梦想就是画画，现在拜了一个好师傅。

她走进画廊，向你评点每一幅画作，她认真挑选文房四宝，她说起看到一个网友发微博，拍了一张楼下繁花的照片，就发了好几封私信，求人家再拍一幅清楚的，她想留着临摹，她给你看她的画作，说每周日学画的几小时，她最快乐。

你又想起你的另一个朋友。

每天五点起床，去湖边散步，再步行几公里去看他的树。

他在微信朋友圈写："在这个城市的早晨，路上行人不多，空气清新，我可以和每根电线杆打招呼，仿佛世界都是我的。"

至于那些树，是他驱车亲自买来，亲手种下，有石榴、李子、杏、乌桕……

"几十种树，虽然还只是苗，我每天去看它们，期待发芽，想象绿树成荫、桃李春风的那一天。"

种树、看树、湖边散步，和对着繁花画画一样吧？

你忽然觉得他们很浪漫，他们选择一件纯美的事，令自己沉浸其中，日子因此远离一地鸡毛，无关现实、庸俗，哪怕片刻，也是理想意境，最关键的是自己就能操作，不借助任何外力就能达到。

你回家，写了一段话——

年轻时以为浪漫是场对手戏，如打乒乓球，需要一个好对手，若对方不懂、曲解、无回应，便嗔、怒、怨、忿。现在越来越觉得浪漫不过是一个人的内心戏，你读多少书行多远的路，交什么样的朋友选择何种生活方式决定你能感知或为自己营造的意境——只做有审美意义的事，是一个人就能解决，也最靠得住的浪漫。

跟帖者众，包括你的配偶。

他就站在你旁边，手里拿着一个冰淇淋，每个夏日下班，他都会给你带一个。

其实，也挺浪漫的。你心里想。

一些人不管用何种方式路过我，又离开我，只要在成为更好的自己的途中，推过我一把，我因之多看了风景、多体验了精彩，就是渡我的人。

那个渡你的人

逸兰读书时，成绩很一般。

一日，她翻杂志，杂志用两个整版介绍一位诗人。

诗人剃寸头，戴眼镜，T恤衫下的两条胳臂，肱二头肌鼓鼓的。再看他的诗作，才华横溢，逸兰瞬间被吸引了。

那时，逸兰十七岁，高三。对未来，她突然有了清晰的目标——去西北，直至诗人执教的高校。

整整一年，那本杂志都被她压在枕下，她曾指着诗人的照片对闺密说："这个人，我一定要和他谈恋爱。"

竭尽全力，心想事成。这年九月，读会计的逸兰在中文系旁听时遇见诗人。

她还加入学校的诗社，特意研究、模仿诗人的作品。一次，诗社成员郊游，诗人作为嘉宾也参加了，诗社主席介绍到逸兰时用"小李杜"代称，"李杜"是诗人的笔名。

两年后，逸兰终于和诗人出双入对。

当然是她发起的攻击。她旁听了诗人的所有课，总坐在第一排；她每周都拿着新诗去求教，一对一的辅导，诗人赞她"有灵气""用心"，久而久之，诗人爱上了她。

许多年后，逸兰笑称，诗人影响了她一生。

说这话时，逸兰正端坐在茶室的一角，宽袍大袖，皓腕凝雪，澄黄的茶汤被她抛成一条好看的弧线。

其实，逸兰很多地方都像诗人的复制品。

和诗人在一起后，逸兰陆续发表诗作，在当地的诗歌圈成了名人。而她毕业后先当会计。彼时诗人下海，办杂志做主编，她帮着、看着，干脆改行——为避嫌，诗人推荐她去一个朋友那儿当了编辑。

逸兰在新岗位兢兢业业，她的两任领导都对她青眼有加，第一任有一半是为了诗人，另一任则纯为她的工作能力。

逸兰唯一一次挨批，还是和诗人分手时。诗人坦言有了别人，但他没和"别人"分手，也没说要离开逸兰。僵持了半年，逸兰快疯了。一日在单位，她抓起电话，一边哭一边骂，最后她把话筒掼掉，电话线拽着话机"咣当"落在地上。

"再这样下去，只能走人了。"领导把她叫进办公室。

"走人就走人！"逸兰心情糟到极点，再一想，本来这份工作就是诗人给的，"都还给他！"一个声音对她喊道。

逸兰离职前，将潮湿的手心按在办公桌的左右两角良久，一如多年前，她在诗人的宿舍里嬉笑着模仿他在讲台上的模样。

电脑前的仙人掌，用来练字的字帖、毛笔，都是诗人送的。

座位隔板上贴着作者、同行的联系方式——他们中的大多数都是诗人介绍的。

左侧柜子第三个抽屉里的伞,是上次下雨诗人接她时带来的,他说:"特地多拿一把,放在办公室留着备用。"那时,他们多么要好,她曾惊叹于他的细心、体贴,全然没想过,这些他也会用在别人身上。

最后,逸兰只用文件袋装走从业以来所有的获奖证书。

剪碎诗人所有的领带,逸兰拖着行李去了另一个城市。

从租房到买房,从几人一间的办公室到专享一间,逸兰的这几年用一句话概括:"事业成功,生活孤单。"

她和诗人彻底失去了联系。

但这并不意味着,他们之间已无交集。

比如今天她收到最新的诗歌年选,第二十四页是她的作品,而扉页的评委名单中,赫然印着"李杜"。

时间治愈一切伤痛,此时的逸兰已不介意提起当年的事。

但转角遇到旧爱,哪怕在纸上,她还是有些恍惚,她将自己的名字和"李杜"二字看了又看:不知道,他在案头看到她的诗作、她的名字时,有无一样的感慨?

逸兰拨通了他们之间共同朋友的电话。

她问起李杜。

"李杜一直说,在不同场合都说过,你是他见过最有灵气、最用心的。"

评价一如当年。

"他后来总说对不起你……"朋友稍后的话逸兰都自动忽略了,被她忽略的还有朋友对她的恭喜,她的一本新书在图书排行榜上创造了佳绩。

"最有灵气,最用心的。"

逸兰想起,诗人第一次这么说时,还是在大学诗社,那一刻,她站在众位女生面前,带着征服的窃喜。

是的,最初她只为吸引他的注意,才不断写,把自己掏空了写;后来恋爱结束,她发现和诗人在一起时迎合、复制的种种,包括诗、职业、事业、爱好、习惯,早变成她自己的。

朋友问她要不要"李杜"的手机号,他干笑着:"反正,你们现在都还是单身。"

"不不不。"一句话将逸兰拉回现实,她极力推辞着,仓皇地挂断了电话。

几天后,逸兰在茶馆等人,看到一本杂志。

杂志情感信箱里,有女生问专家,怎么解决对前男友的恨。

专家答:"换个角度想,他可能是那个促成你离开故乡,到大城市闯荡的原因,你取得今天的成就,很多事情可能也是他不经意促成的,即使他不是陪你终老的人,也是命运派来渡你的人……"

事实上,这几天逸兰无时无刻不在想她和诗人的旧事。

这段话让她沉默,她想起一本类似的杂志。

杂志上,那个寸头、戴眼镜的诗人后来真的和她恋爱了——没有他,她也许连大学都考不上,也许现在正在某家公司当会计、算着账……

分手后长达一年里,她夜夜恸哭到天明,她如碎片,如她亲手剪掉的那些领带。但不可否认,这些年在她努力成为更好的自己的途中,他曾推过她一把,她因之多看了风景、多体验了精彩。

手起壶倾,姿势娴熟,面前的人问她:"嘿,你什么时候开始精于茶道了?"

"前男友,一个诗人,他爱喝茶。"

"哇!那,写诗也和他有关?"

"是,"逸兰笑着说,"他算是影响了我一生。"

多年来的怨恨也该放下了。

用对时间,再忙,你也能陪伴家人。

最忙的人

她是我见过最忙的人。

她在一家文化单位主持一个部门的工作,业余出版了几本小说,双胞胎女儿刚上幼儿园。据说,孩子们一看到妈妈,就不要其他任何人。

可她看起来神采奕奕。

就在一年前,她曾因过度劳累,免疫系统失调引发全身过敏,红点点密布脸、胳膊、腿,而后结疤、脱落、留痕……她因此抑郁、抓狂,实在不得已,遵医嘱休息、调养了三个月,中药、西药吃了一堆,终于有所好转,与之好转的还有她的状态。

她向我介绍,她现阶段的一天:

早上七点起床,八点送孩子去幼儿园,八点至九点疾行到单位,晚上按此路线返回。她的包里塞着高跟鞋,走到单位附近才换下球鞋。

九点开始工作,因为时间紧,所以效率要高,十一点,她就能将自己分内的公事处理完毕。十一点半前解决午饭,十一点半至两点,她匆忙离去,谁也不知道,她在单位对面的快捷酒店包了一间钟点房,每天两个半小时——午休、写稿。

现在，她的手上有两份合约，都是关于她的新小说。她将小说细化为多少个章节，每个章节多少字，什么时候完成，每天写多少，"一天一千字，积少成多，集腋成裘"，她规划好任务，确定任务的可操作性，便按计划执行。她显然很得意：工作、爱好两不误。而在这之前，她劳累一天回到家，还要陪孩子们玩，哄她们睡觉；为了在鼾声中、寂静处还能写上两小时，和孩子们在一起时她还得不住地看表，有时言语中带着呵斥、不耐烦，常与她们不欢而散。

下午小憩后，神清气爽，秘密完成任务的她重新回到办公室。

在她能争取主动权的范畴里，下午的时间大多用来会客、洽谈、验收……她常把客户约在单位附近的咖啡馆，与之同行的还有她的粉红壳笔记本电脑。碎片化的时间，足以让她进行碎片化的工作，或继续写作。

五点半准时下班，拒绝一切应酬。她的理由再正当不过："过敏刚好，海鲜、牛羊肉、辣，都不能吃，出席只会扫兴……""因祸得福，饮食清淡、节制，近乎排毒，已经瘦了好些。"她冲我眨眼。

好了，步行到家，孩子们也被老人接回来了。既然工作时间已将所有工作，包括写作任务都完成，她便心安理得将手机开静音，全心全意陪孩子。

吃饭、洗澡、讲故事、听音乐、出门散步……孩子们睡着了，她还有时间贴一片面膜，拧开床头小灯，看一会儿书，或和丈夫聊天。这个时段，无论做什么都像奖励，是意外之喜。

至于周末，则用于出行，过家庭日。京城的博物馆、公园、各种游乐场所，她如排雷般带着全家地毯式搜索。当然，还有各种聚会，与亲朋好友的、同学的、同事的……

"多姿多彩，清明有序。"我赞。

她则表示，以前觉得自己搞不定所有的事，是因为自己无能，病了后，发现那只是因为自己不是全能。"所以要取舍""所以要分担"，她重出江湖，第一时间请了个钟点工解决家务，同时"只抓重点"。"这一切都是受了王老师的启发……"

"王老师？"我诧异。

她表示，王老师就是我们常在电视上看到的那位教授身份的主持人，曾和她合作过一个项目。

原来，她在家静养时，曾向王老师诉苦——王老师是她见过最忙的人，身兼数职：教授、主持人、丈夫、父亲……问题是，他做得都很好，还游刃有余、精神抖擞。

"请问您是如何平衡的？"

王老师公布了他的时间安排：

作为一个历史系教授，王老师在电视台做的都是与之相关的节目。他总提自己感兴趣的选题，由节目编导、记者落实采访对象、查找资料。准备节目、消化资料、对着镜头与嘉宾探讨时，是他的输入，也是他的输出。日后，也让他的写作更为丰富。

但最让她称赞及顿悟的还是王老师对时间安排的体会，她把王老师的短信翻给我看：

"……白天要工作，参加活动，各种工作，各种活动。每天晚上就是我的放松时刻，我给妻子、女儿按摩，我是专业型的，能把人翻过来、扔过去，常把她们母女俩按得吱哇乱叫，这是我们的亲子时间，也是我的健身时间——我总是大汗淋漓。别怕忙，只要学会用别人做一件事的时间，做好几件事。"

他们

红颜知已，即爱得不够，或根本不爱的身份。

红颜

每个月七号，她都会去看他。

乘火车，换汽车，再花十块钱坐当地一种叫"三蹦子"的交通工具，颠簸半小时抵达目的地。

照例要安检。

尖锐的物品都不允许带进去。

所以她每次来都事先把手、脚指甲剪好，还会买些水果、奶粉装在箱子里，水果要不易坏、能长期保鲜的那种。

见面也看不仔细。

毕竟隔着双层玻璃。

他们更多靠电话交流，除去面对面，每个月还有二十分钟长途电话。电话里总是他说，特大声，她的回应总是怯怯的，语气温柔，像很久以前。

很久以前，她是他的秘书，还是他的小姨子。

或者说，如果不是小姨子这重身份，她根本无缘当他的秘书。

她姐姐看他看得紧，他也信不过其他人，衣食住行什么都不放心。

最盛时，他怀疑身边一切非至亲的人都要害他，谋他的钱。

不过，现在，他们已经解除了这层关系。

早在十年前他锒铛入狱时，姐姐的戒心、他的疑心、众人的野心都戛然而止，只除了她的爱心。

戛然而止的还有他和姐姐的婚姻，姐姐匆忙离开时和去年回国来看她时，对她说的话都一样，"你竟然为他……""别耽误了自己"。

现在，姐姐二婚生的孩子都已学龄。

而她早耽误了。

起初，她爱他翻手云覆手雨的能力；爱每一件她感到头痛的事，他都能甩一句"这事好办，我来办"；爱他精力充沛，前一晚不眠不休，第二天一早又坐在会议室中间，全世界听他吩咐、为他让道；爱他偶尔的孩子气，也配合她的孩子气——在艾菲尔铁塔前，他给她拍噘着嘴的照片，她至今珍藏，那时，她二十六，他四十五。

十九岁。

是他们的距离。

而今，他们一个青春不再，一个盛年不再，距离是火车、汽车、三蹦子、安检、话筒和两层玻璃。

十年前，姐姐在混乱间，单方面提出离婚，她恨过姐姐，坚决站在他那边。

她责怪姐姐的短见：这么好的一个男人，就因为一桩不清不楚、模棱两可、不知结果的案件，你就放弃？

她急眉赤眼，声泪俱下，抓着姐姐的胳膊使劲摇，超越了作为妹妹或小姨子的关心。

· 74 ·

姐姐忽然停止收拾行李,直起腰,审视她:"你们之间……有没有?"

她哭得更凶了:"没有。"

这哭更多是气恼吧?

与饱满的姐姐比,他哪看得上豆芽菜似的她,她倒想有。

等她为他奔跑,替他去找老朋友,代表他和律师讨论,出庭做证,和原来的客户交涉,她看遍众生相,有同情的、有羞辱的、有翻脸不认人的,唯一让她欣慰的是,他们都把她当成他的代言人、女人。

她感慨世态炎凉,却又觉得温暖。

比如他的一个老部下提他的名字,略带羡慕:"没想到,他竟有你这样一个红颜知己。"

红颜知己。

他也这么表示。

此外,再无更多。

她冲动时,看他如困兽般抱着脑袋,恨不得撞墙,不禁说:"姐夫,等水落石出,等你出来,我嫁给你!"

那他也没答应。他最温柔的时候也不过是在电话里发火,催促她上诉的进度,责怪她办事不力,她委屈地哭了时,说了一句:"好啦,好啦,姐夫只有你一个人了。"

姐姐说,他在利用她。

"你还自己送上门。"姐姐气时,用指尖戳她太阳穴。

十年后,当姐姐说他一贯假大空,一贯拆东墙补西墙,早晚要出事,她不再反驳,变得沉默,她也渐渐知道了,通过律师,通过账目。

可他不承认，她也不愿放弃希望——坚持了这么久，坐了这么多年牢，他坐，她也坐。

她几乎每次来都穿白衬衫、铅笔裙。

那是她在公司上班时的装束。

记不清是他还是别的什么人说过，她穿纯色衣服最好看，还最有腰身，有职业感。其实她不上班已经很久了，但她怀念那个时段。

不上班的日子，她开始靠积蓄，然后靠援助，接着，寄希望于官司能赢，他能东山再起，而她能回去做他的左右手。当然，他有过承诺："如果……我会……"

"会"字后常跟着职位、股权、薪水。

但她并不在乎，何况他发脾气时，也会拿这说事："如果……我也不会……"

那次，气得她扔了电话。

她只好做些在家或坐火车四处奔波时，抽空就能完成的工作。

给出版社做校对，零星看稿子；以曾经做涉外事务秘书的底子接翻译的活儿……

这些不仅为生存，也为生活，除了为前姐夫、她暗恋几乎明恋的人打官司外，还要有点别的。

尤其当她发现，他在牢里除了愤懑、委屈、不平等情绪问题，其他都在变好——体重减轻，身体各项指标渐良，浮夸的发型和表情也消失了，因为有时间，所以比之前看的书和报多很多。

尤其，他每次见她，都会提到他和姐姐的孩子，也只有这时，他的口气是温和的。而这时，她的心里却五味杂陈。

相比之下，她更像坐牢吧——

人到中年，一事无成；一身情债，没有后代。

他每个月要一千五百元生活费，她不知道他都花到哪里去，但每次都和水果、奶粉一起带来。

来回车票、住宿，一次总要两千多块。

他没问过她的经济来源，自从她上次摔了电话，"钱"就是他们语言的禁区。

事实上，他问关于她的，非常少，少到她在火车上捡到一本书，写末代皇帝婚姻的，竟由此想到了自己。

书中说，末代皇帝的前妻，一个"贵人"，等了皇帝十几年，终于在牢中见到"皇帝"了，却很快提出离婚。

导火索是，"我带去了很多奶糖""他一个接一个吃，旁若无人，没想到问我一声""我觉得他心里除了自己没有别人，一辈子也不会改"。

可能是野史，但她受触动，她在列车的颠簸中闭着眼，回想他谈到孩子的柔情，以前和姐姐在一起的谈笑风生，他对一件事、一个人发生兴趣时出于本能的目不转睛。这些和他说"你真是我的红颜知己"的反应完全不一样。

最可怕的，不是"他心里除了自己没有别人"，而是"他可以有别人，却从来不是你"。

够了。

五号晚出发，七号清晨才到。

车到站点，箱子太大，她把书扔那儿了。

这次，她带的东西格外多，钱也带了双倍。

来之前她就想过了，再找一份工作，全职的；官司呢，她还会继续跑，这里她也会继续来，但频率不能那么高，事情做久了，就成习惯，就有责任；他需要的，只要说，她都会定期寄来……

他又发火了，当她宣布这一切决定之后。

她用回"姐夫"的称呼。"我也要有我的生活啊！"

她没说出口的是，她只是个红颜知己，不是别的，没有对等的爱，就更不能被爱捆绑。

他发火时，她倒有些感动，她对他还是有意义的，多年前，这样的结果会让她满足。

她渴望他再说一句："姐夫只有你一个人啊！"

可他只顾着发火："你和你姐姐一样！"

他被狱警押走了，架着胳膊。

她静坐了几秒，也离开了。她刚才让他"镇定"，她开始用大人的口气和她曾认为是"大人""大人物"的他对话。

这是他们之间第一次平等的交流。

十年了，她常来常往，离开的路已经纯熟。

她在路上想：没什么好后悔的，她只是用比一般人长的时间弄清楚一些问题——关于等，关于对等，关于平等，关于红颜知己即爱得不够或根本不爱的身份。

她一步一步走着，没有回望，如一个真正出狱的人。

原来，一个人的飞扬跋扈也要有人无怨无悔的滋养、配合、纵容才能成就。

姑辈爱情

我在浦东一家酒店吃饭，忽然想起六姑父。

确切地说，他是我第一个六姑父。上海人，家住浦东，姓江，做一份替代性很强的工作，长得绝不符合外貌协会的标准。

我第一次见他是某年过年。

当时我们一大家子聚在一张圆桌前，他是远客，又是娇客，坐的近乎主位，他的新婚妻子，我的六表姑，就坐在他旁边。他俩不停地接受来自各个角度、不同辈分的人的敬酒。每次站起来，坐下去，他都要对眼前人说一句，"来我们上海玩"。

说得次数多了，我们小孩子就笑。等席间上来一碟熏鱼，他指着，"来上海，上海的熏鱼好吃"，我们终于哄堂大笑，并集体学他把"吃"发成"ci"音。

六姑有点窘，拉他衣角，又耳语几句，他脸红了，从此不提"上海"。

但他对上海的优越感仍无法掩藏。

也是，不是上海，六姑怎么会嫁给他？

六姑是这个皖北小镇上的一朵花，之前虽在街头卖馄饨，一双手全是皲裂的口子，脸上却隆重地搽着电视广告里重磅推出的"永芳"。

她心比天高，任镇上一多半的青年主动示好，也不为所动。最终，由远房亲戚介绍、斡旋，成就了这桩婚事。

但那时的我并不知道。

我挑头把"吃"念成"ci"时充满恶意：眼前这个长脸、大眼袋、厚嘴唇、面色灰败的男人怎么看都和六姑不般配。他只比六姑大六岁，但十足像个中年人。

那时的我更不知道，六姑为这一天已准备很久。

她打点行装时，把能扔的都扔了，却郑重装上一册剪摘本。本子里贴着她从旧杂志里搜集来的漂亮衣服、精致家具，这大概是她能想象的、最好的、要赌的未来。

她做这些时，江姓姑父就站在一侧。如果说六姑对新生活的喜悦是蓄势待发前的平静，他则有些手足无措，他含情脉脉、不住重复："不带了，不带了，去上海买，好的啦。"

很快，六姑来信。

看得出，江姓姑父能给她的很有限。六姑描述所住像鸽子笼；上厕所，转身撞上门，不弯腰就碰头。

而江家三代同堂，对外地人不免有敌意。这时，六姑便把在街头支摊卖馄饨时练就的泼辣劲儿发挥得淋漓尽致。一番恶斗后，我们分开过了，她写道。六姑还欢快地表示，她已找到工作，在上海火车站旁的电话亭。虽说新生活不及想象中圆满，但她对新婚夫君基本满意，因为

"小江都听我的""人勤快,干活麻利,晚上接我下班,也顺便在火车站找到了活儿——卖报纸"。

六姑婚后第二年,生了一个女儿,取名梅梅。直到孩子五岁,全家才回过一次安徽。路过合肥我家时,六姑帮厨,梅梅活蹦乱跳,江姓姑父边招呼女儿,边盛情替她向我发出邀请,"请姐姐来我们上海玩"。

六姑叫我吃饭时,把"吃"念成"ci"。

她也像上海女人般主外,席间都是她发言,江姓姑父或点头,或附和,或在她示意下和众人碰杯。

他们介绍过去的、现在的、未来的生活,什么等拆迁啦,什么补偿多少啦,什么居住满十五年就能办上海户口啦。

我这才发现江姓姑父少了一个手指——他穿一件不太挺括的西装,手尽可能放在口袋里。六姑让他伸出手给大家看,原来,为补贴家用,除了卖报纸,江姓姑父还开过一段时间摩的,一次急转弯,出了事。"对方是开小汽车的,我天天堵在他公司门口,最后,赔了五万块。"六姑说。

大上海,立足难,我爸叹息他们谋生不易,代表娘家人敬了江姓姑父一杯:"是个顾家的好男人!"

江姓姑父诚惶诚恐地站起来,六姑给他一个眼色,他一杯全干了。

许是这次回乡受到的尊重是江姓姑父没想到的,此后数年,他几乎每年都要带女儿回一次安徽——坐二十多个小时火车到合肥,再转汽车到寿县,再转小三轮颠簸三十里土路到六姑娘家所在的小镇。

一路上,他拜访六姑的亲戚们,送大白兔奶糖,发出殷勤邀请:"来我们上海玩。"有一年过年,我们也去了小镇,在一条深巷遇到风尘仆仆的他，满地泥泞夹杂红色鞭炮的皮，他背着大包，深一脚、浅一脚地走着，看到我爸，亲热地喊："大表哥！"

我爸问他什么时候回来的，他表示："一直上班到年二十九，这不刚到，还没进门。"我问："六姑和梅梅呢？"他笑："那娘俩都懒得折腾。"只有他不远千里，奔了来，过个团圆年。

这是年三十的傍晚，驻足瞬间，又有几家点亮灯笼里的烛火，我们匆匆道别。

第二天，我们去拜年。六姑的父母，我喊姨爷爷、姨奶奶的，趁江姓姑父在后院井里打水时，小声评点，"是个孝心孩子""梅梅妈也能拿得住他"，就是成天"我们上海""我们上海"的讨人嫌。我们都笑，不约而同地提起多年前，他们新婚，花骨朵一般的六姑坐在他旁边，他吃熏鱼都说"我们上海的好 ci"，而后被拉袖子的段子。

"那时候，他就怕六姑。"我说。

大家又不约而同地笑，说起六姑对他的凶。

这桩婚姻的实质，是小镇姑娘对上海生活的向往和身份的高攀。但这些年，大家都看得出来，以江姓姑父的家境、学历、工作、相貌等综合条件在当地的婚姻市场毫无竞争力，六姑对他也就不算高攀。而他最初给六姑的，不过是一个在上海立足的基础，让人向往的有限。如果说他们的日子有些起色，更多的和六姑的运筹帷幄以及他的老实、勤快、言听计从有关——他们后来开了家小批发部。

"梅梅也像她妈。"

"一家两个横的，幸亏小江好脾气。"

"小江真是能吃苦，白天上班，晚上点账，周末进货。"

"小生意都是辛苦钱噢！"

闲聊中，江姓姑父进门，听大家夸他，混浊的眼忽然闪了光。他客气地拿出上海带来的点心让这个让那个，他也说起六姑的凶、跋扈，带点老夫老妻的知根知底及宠溺："一吵架，就骂我没出息，随她骂，骂完、出完气就好得啦！"

他学六姑叉着腰，立着眉毛，圆瞪着眼，其情其状，惟妙惟肖，我们乐不可支。

我打赌，江姓姑父生前肯定不相信六姑有一天会对他情深款款、柔声细语，她日后常对着他的遗像号啕，然后号啕换小泣，边泣边轻诉什么。

江姓姑父于梅梅十三岁时，死于过劳，一夜睡过去，再没醒来。

工厂倒闭，他失业，同时兼了三四份工作，其中一份是来回火车站，为周边的旅馆拉客。他将每个到站的旅客都视为潜在客户，发传单，跟在人身后，保证有二十四小时热水和干净被褥，达成协议后帮忙拎行李、穿过几条街到目的地……他晚上为一个公司看门，带着自家批发部的账本。

他的死太突然，以至于葬礼上，六姑还惯性地骂他，骂他就这么丢下她们孤儿寡母走了，骂他一生没出息，没挣下万贯家财，倒有一堆来争抚恤金的亲戚——江姓姑父用命换来三十多万元，六姑哭着对逼她拿出钱来分的叔、伯、小姑喊："老江在，不会让你们这么欺负我的！"

她越来越认识到他的重要性。

比如，终于等来的拆迁，具体落实房子时，免不了又是和江家一场恶斗。

比如，一个人带孩子的辛苦，从前，江姓姑父洗、买、择、做，全面负责；开家长会、辅导作业、接送梅梅放学，一样不落；从前，有人夸六姑好福气，六姑只"哼"一声："其他的，他还会干什么？"现在，一样一样摆到眼前，经济、精力、开门件件事，无一不让六姑体验到失去臂膀的痛。

直到六姑改嫁，这痛才好些。

批发部的邻居是家五金店，老板总穿细条纹衬衫，勒一条名牌皮带。他们结婚时，正是六姑在上海居住十五年满转户口之际，一对新人借机回乡请大家吃了顿饭。说实话，新六姑父相貌、谈吐、见识都比旧的江姓姑父体面、大方许多，六姑也胖了，苹果肌丰满，她招呼我们"ci"时，已看不到一丝哀容。

直到一年后的一个夏夜，我被电话惊醒，才有他们的消息。

我爸接的电话，作为六姑娘家同辈中最年长的男性，他对着电话那头"嗯嗯嗯"，听完陈述出主意。我零星听到，"马上离婚""房子没过户吧""停业"……

新六姑父是赌徒。

不知从什么时候染上的赌瘾，总之他突然消失，留下一长串的债主，五金店被抢空，还殃及六姑的小批发部。他说拿去投资、开连锁店的三十多万和他一起消失了。"三十多万？"我问。"对，就是你江姑父的抚恤金。"黑夜里，我家灯火通明，我爸在客厅抽烟。

六姑带着梅梅回来了，避风头。

她的脸浮肿着，目光呆滞，不住重复："他说，要做大做强，男人要有赌一把的勇气。他是成心骗我吗？还是不得已跑路了？"

她又抓着梅梅哭起来:"我对不起你爸,那是你爸用命换来的钱啊!"

她呜呜哭的样子,比在江姓姑父的葬礼上还绝望,还无助。我想起江姓姑父学她的招牌瞪眼、立眉、叉腰骂,仿佛刚发生不久。原来一个人的飞扬跋扈也要有人无怨无悔的滋养、配合、纵容才能成就。

事情最终以六姑提出离婚收尾。她如惊弓之鸟,将房子直接过户给梅梅,并发誓再不改嫁。新姑父和五金店都成了往事,他的前任,江姓姑父反倒经常被六姑提起,逢年过节都会做一碗他爱吃的、又甜又糯的、一人一块的红烧肉,还会单拿一个盘子为他夹出一块来,放在他的遗像前——六姑第二次结婚时,原本都收起来了。

我们这才在六姑的忆往中,逐渐丰富对江姓姑父的认识,在他去世几年后——

"一件白衬衫,一直舍不得穿,压在柜子里,拿出来时已经发黄了。"

"喜欢拍照片,刚来上海时,我们星期六、星期天都会出去拍照片。"

"喜欢我戴丝巾,去杭州给我买过好几条丝巾,还有件真丝睡衣。"

"梅梅都十来岁了,还喊'宝宝'。"

……

她现在做任何事,都会提到她的亡夫,第一任丈夫,都用"你六姑父"指代,中间那段婚姻好像浑然不记得。而这称呼在他生前都很少用。

我在浦东一家酒店的大堂吃饭,想起六姑父。

饭后,我去了趟六姑家。

她正在下面条:"你六姑父活着的时候,煮面,都要一边搅一边煮……"

我问:"梅梅现在怎样,人去哪了?"六姑端着面从厨房走向客厅。"女大不中留,这不,大一就有男朋友了。"她笑,"是个老实孩子,不像有大出息,但对梅梅老好老好的。"

一个人只爱"像"他的人，只以是否"像"他为"好"的标准，其实，他最欣赏的、最爱的，也只有他自己。

最爱

他的历任女友均长得很像。

通通眼大、脸圆、短发。

还都有一个略塌的鼻子，从侧面看去，五官扁平，不够立体。

在他的婚礼上，我见到他的妻子。

我喊"嫂子"，新娘喜滋滋地回应。我热络地拉她的手，表示她看起来比上次贵州见面时瘦，新娘显得茫然，他上前一步，以酒圆场。等到他们去下一桌时，临走，他在我耳边小声嗔怪："不是贵州的那个。"

我脸红了。

竟没分辨出。

也是，在贵州，我们匆匆一见，先是于夜色中徜徉街头，后又在包厢里各充麦霸，他的女朋友，不，前女友，头一直歪在他的脖颈上。我一时认错了，也情有可原吧。

可他们一桌一桌前进，席间有喊新娘"某丽"的，也有喊"某晴"的。而我去走廊接电话，特地看了看入口处的婚礼海报，我确定，海报上那个幸福的女人名叫"某乐"。

哎，怪只怪他的审美经年不变，老友们又经年不见，无视请柬及各种信息提示，想当然把记忆凝固在上一次分别时。

等到有一桌起哄，为首的让大家肃静，逼迫他与新娘坦诚相爱经过，大家果真安静了。他说，他和新娘无一不像，出身、经历、学历、专业，连家中排序都一样，"老二，老被老大比下去的老二"。

现场发出一阵哄笑。

慢着，这话怎么在哪里听过？

一定是在贵州。

那次，我没话找话："你们是怎么看对眼的？"

"哈哈，我们太像了，"他道，"都是县城出来的，都是大学时就鼓捣点小生意，都不听话，摆脱家人在家乡安排的好工作，出来继续鼓捣小生意……"

"太像了！"他强调，"看她就像看另一个自己。"

"看她就像看另一个自己。"他在婚礼现场拿着话筒强调。

她自然不是之前的那个她。

司仪不失时机接过话筒，指着新人："而且长得也像！夫妻相！大家说是不是？"

鼓掌，包括我："是！是！"

拍着手，我才意识到，他和新娘确实在容貌上有些共同点：鼻子一样塌，脸一样圆、扁，嘴角一样微微朝下……这也是为什么每次看到他的女友，我都有种似曾相识的感觉，原来不止是她们之间像，他与她们也像，深究起来，都有夫妻相。

他就是因"像"生爱的啊!

我恍然大悟。

忽然想起上次去他的公司。

在他宽敞、明亮的办公室里,他招呼我坐,并泡起工夫茶。

有下属推门,送文件,他指点着,"我像你这么大时……""年轻人做事应该……"

下属退,玻璃门也顺手带上了。

他递给我一个小杯,让我闻茶香,他搓着杯,评点门外那些年轻人,有的聪明却娇气,有的勤勉却凡事慢半拍,有的不够主动,有的不想更好。他放下杯子,口气悻悻:"没几个像我的。"

"可到哪里去找那么多像你的人,也不能总以自己为挑选或挑剔标准。"我也放下杯子,提醒。

现在,他被他的员工包围着,被高喊"某总一定要喝干这杯",他告饶着,最终赏脸其中的一人,并搂住其肩膀。那人,陌生面孔,看来是新晋骨干,一定很受器重——

"好好干,在你身上我看到了十年前的自己。"他说。

我知道了,他还没变,对人最高的褒扬还是"看到自己"。

我又忽然想起,我们的相识。

在一个文学论坛。

在各自的学生时代。

毕业,文友们就作鸟兽散了,至今保持联系的只有我们两人,但从事文字工作的只有我,他前些年还给我发些情绪巨大波澜时写就的诗歌、散文,渐渐地便鲜有新作。

"在这里,我要感谢今天来到现场的每一位亲朋好友、新识旧交。"他舌头已经有些大,又站在酒店为婚礼搭的舞台中央,婚礼看来要结束了。

他一一致谢,尤其对远道来的宾客。

我坐在那里,还没想清楚我们之间维持友谊的根本是什么,他已在感谢词中透露了——

他提到了我的名字。

"谢谢你的到来,常在书店、杂志上看到你的新作,常想,如果当初我像你一样继续写下去……你让我看到另一个自己。"

我目瞪口呆。

他又继续感谢,谢下一个。

谢他生命里每一个精分的自己,那些他实现过的、未来得及实现的自己。

和他长得像、很多方面也像、他刚才发誓最爱并会钟爱一生的新娘此刻就站在他身旁,我真想拉她的手,轻轻问:"看出来了吗?"

看出来了吗?一个人只爱"像"他的人,只以是否"像"他为"好"的标准,其实,他最欣赏的、最爱的,也只有他自己啊。

最大的爱是成全，包括放手。

流浪歌手
的爱人

熊倩最近给我发的消息全是关于旅游的。

什么"婺源游又特价了"、什么"寻找最美情侣，赢取欧洲豪华双人游啦"……我发现这些群发的旅游资讯有个共同点，始发站都在武昌。再翻翻前几天她给我寄的一个快递，果然寄件人地址那栏填的也是武昌。

于是，我给她拨电话，她"呵呵"。"呵呵"可以有一万种解读，但我的解读明显都不对。"我回老家了，在一个旅行社工作。"她沉默一会儿，说。

一

熊倩曾是我们单位的美编。

我第一次见她时，她刚大学毕业，乌亮的辫子垂到膝盖，小脸、细眼、皮肤像瓷一样白，是个地道的南方妹子。

那天，她在单位楼梯的拐角摆张长桌，将一百多个卷轴堆在上面，她逐一打开，挂在墙上，拿起相机拍摄。

一时间，走廊如画廊，她在画中行。走来过去的人们都忍不住朝她望。

拍摄结束，她轻轻转着卷轴的轴收拢，再给它们一一绑上丝带，她重复又重复，没有丝毫不耐烦——那是十月，北京最好的季节，阳光从楼梯拐角的落地窗射进来，映着她的睫毛像擦了金粉。

有好事者打听她的姓名。

好几个半百的大姐正在为自家的男娃筹谋配偶。

一日，在食堂，周围人高谈阔论，熊倩正静静地往嘴里扒饭。

忽然，她的手机响了，接电话的瞬间，唇角和眼睛弯得像月牙，声音如上好的蜂蜜浓得化不开。挂断电话，她急切地向生活经验丰富的众同事取经，关于如何炖乳鸽。经验丰富的人们目光一交汇，都明白了：这小妮子，名花有主。

"主"是她的同学，名叫王峰。

山西人，不爱喝醋。

关于这一点，熊倩解释道："王峰从小在廊坊舅舅家长大，山西话都说不利落，更别说口味、习惯。"

那么，他的口味、习惯是什么呢？

等关系熟了后，熊倩周围的人，包括我，都一清二楚——王峰不吃鸡，因为小时候和表姐争吃鸡腿，挨过舅妈打；王峰怕黑，晚上，得开一盏灯才能睡；王峰有收藏癖，变形金刚、手办，一堆一堆……

"可是，你爱他什么呢？"听多了王峰的各样癖好，我们不禁好奇王峰究竟有哪些好。这时，熊倩的脸上生出一种光，原来，王峰是才子，还是个很帅很帅的才子。

二

他俩于一次舞会定情。

据熊倩说,王峰本不想去,但架不住同寝室哥们的哀求——哥们向暗恋的女生表白,并准备了一场别开生面的求爱仪式,仪式的重要环节就是由王峰高歌,歌声中,哥们冲女生单膝跪下:"可以做我女朋友吗?"

所以王峰不得不去,他在现场弹吉他,将 Beyond 的《喜欢你》演绎得婉转动人。当女主角挽起男主角的胳膊,顺势扑倒在他怀里时,喝彩声、掌声响成一片。

男女主角下场,王峰却被热情的同学包围:"再来一个!"

他也不推辞,继续高歌。

熊倩来晚了,进场时,王峰正清唱《流浪歌手的情人》:"我只能给你一间小小的阁楼,一扇朝北的窗,让你望见星斗……"

舞厅球状的灯半明半暗地闪,台中央,这位平时长发飘飘的沉默男生,一开口竟如此忧郁、深邃,刹那间,熊倩把他种在了心田。

现在,熊倩家里最值钱的,仍是王峰的各式乐器:鼓、萨克斯、吉他。

王峰父母离异后,隔一段时间就会给他寄一笔生活费,十五岁时他开始住校。钱,全花在爱好上。提起王峰的少年时代,熊倩总忍不住叹息、疼惜。

显然,王峰的好日子从遇见熊倩开始。

她事无巨细地关怀王峰,读书时为他打饭,毕业后为他做饭;做他的听众、知己、助理、经纪人——王峰零零散散有些演出,熊倩责无旁贷地兼多种身份出席；王峰还画得一手好画，他曾为某世界五百强公司的员工们制作过动漫大头像，惟妙惟肖，原型们忍俊不禁。然而，这些收入，对于在北京生存，还是微薄。

一日午休，我们把椅子拖到走廊，在落地窗前晒太阳。

熊倩伸伸懒腰，将掌心翻向空中，她说："选择什么样的配偶，就是选择什么样的生活。"她提到"配偶"，看来好事将近，她还说："既然看上他'小小的阁楼'，就不能要求过多。"

最终，熊倩的父母为闺女提供了首付，两人搬进南五环外的一处两居室。

我们去暖房，一位大姐转了一圈，疑惑："为啥选一楼？怪不安全的。"熊倩指指屋外的鱼缸、昆虫箱——王峰的这些爱好，确实需要一个小院盛放。

这也是我第一次见王峰。

他穿着纯黑T恤，牛仔裤平整、干净，长发飘着，当得起"玉树临风"四个字。他的眼窝很深，目光在眼窝中汪着，有点第三世界国家儿童在镜头里常见的无辜、清澈。

王峰和我们简单打个招呼，就忙他的去了。

有年轻男同事看见书架上的锡兵玩偶，表示也有类似兴趣。王峰听见，态度转变极快，他热络地拉着该同事切磋起来，过一会儿，拖出一只大纸箱，简直就像拖出一支部队——锡军共计有几百号人。他们转战书房，排兵布阵，晚饭也在书房吃的，熊倩把饭菜端进屋，抱歉地对我们说："王峰就这样，永远活在自己的世界里。"

三

婚后,熊倩忙于接外活,别的单位的封面设计及插图绘制。

这时,我已离职。

我们再度取得联系,是我一个熟人专门找我要熊倩的联系方式。原来,她创作的某系列童书的插画特别清新,特别动人。

熊倩来见我。

她给我看她的小本子,里面写着她的业务往来:密密麻麻地标着交稿日,并根据重要程度,画一个加号、两个加号,有的后面还用红笔勾了五角星。

"勾五角星的,都是王峰做的,"熊倩透露,"你熟人看上的,就是。"

她还递给我一本书,就是熟人看上的那本,我翻一翻插图,瑰丽的色彩、柔美的线条,我由衷地说:"王峰这家伙,确实有才华。"

熊倩却摇头:"得哄着他,求着他,他才能干点活。他画油画两小时一幅,随随便便就能卖几千块,可就是不愿意,他说,不喜欢太商业。"

"可商业社会,什么不商业?吃、穿、用、度……"我惊讶。

"这话我不能说,一说,他就很厌恶,他不会吵架,但会一直打游戏、弹吉他、写歌,就是不理你。"

我继续翻那些插图,其中一幅,长着翅膀的卷发儿童在月光和花朵中徜徉,脸上露出安详、静谧的笑——与图相关的故事是一个自闭男孩梦中的世界。

熊倩肚子大起来后,我们开始经常见面,因为她做产检的医院离我家很近。

因为之前做过两次流产,熊倩整个孕程都小心翼翼。医生给她开了卧床休息的假条,并声明,如果需要,可以继续开。可她很快又去上班了,理由是:"王峰和乐队要练歌,对胎儿不好。"

"在家里练?"我问,"王峰不顾忌?"

"嗯,"熊倩点头,过一会儿,面露难色,"他不想要……他说,不知道怎么当爸爸。"

孕妇情绪多变,除了递纸巾,我只能说:"你想多了。"

"他就是这么说的!"

当时,我们坐在庆丰包子铺,或许肉味让熊倩感到恶心,她号啕大哭,继而大吐。

可他们还是相爱的吧,毕竟王峰坚持了三个月没演出,就天天接送熊倩上下班;熊倩原来的外活,也基本由王峰包了;每次产检,他都会出现。

一日,我搭他们的车。

王峰一边开车,一边问我们:"想听什么?"随后,他自言自语:"听听我今天录的小样?"

叮叮咚咚,音乐起,有印度味儿。

我开玩笑:"王峰,是时候录点儿童歌曲啦。"

他俩都没说话。

歌声中,从我的角度看,王峰的侧面一半是胡子;熊倩头垂着,小脸被短发包裹。

四

熊倩早产，大出血，她远在湖北的父母急速进京。

孩子在暖箱，护工是临时找的，此刻，王峰因为输血，身体比熊倩好不了多少。一家子百废待兴，熊妈唠唠叨叨，卷起袖子，就在八人间病房忙了起来。

等到母子平安出院，我去看熊倩，只坐了一会儿。七十平米的空间，大人、小孩，主人、客人，摩肩接踵，挥汗如雨——正是酷暑，熊倩父母坚持月子里不能开空调。

王峰还是打个招呼，就躲进书房了，这回轮到熊倩抱歉地对父母笑："他就那样……"熊妈妈对书房狠狠地翻个白眼。

书房里传来"叮叮咚咚"的声音，书房外，人人都在忙——熊爸去拿快递，熊妈在做饭，熊倩喂奶。等孩子将熊倩尿湿，熊妈冲书房喊："王峰！出来帮一下忙！"书房半天没动静，熊妈又喊，"叮叮咚咚"声终于停止，王峰慢慢踱出来，接过孩子，他的动作僵硬，表情更硬。孩子手脚并用，拼尽全身力气挣扎，在他最抓狂之际，熊倩换完衣服，伸出双手。

"他不知道拿孩子怎么办。"

"奶粉、尿布、很多人，他没有办法创作。"

"有一天，孩子把大便拉到他的鼓上，他很生气，接着发现我妈把他的一箱子'兵'当垃圾卖了，他在院子里坐了一会儿，然后说出去走走。回来后说，他几乎没有爸爸，也不知道怎么做爸爸，没有过'家'，也不习惯有'家'。"

"我提醒他,当初他和我在一起,就因为我让他有'家'的感觉,可他一直摇头,说不知道为什么会变成现在这个样子,总之'我们离婚吧'。"

熊倩在电话那头,平静又茫然。

财产分割很简单。

房子归熊倩,车归王峰。熊倩想补偿王峰一起还房贷的钱,被父母阻拦,他们说:"一个女人带孩子,你想象不到有多艰难。"

王峰也没要,但熊倩还是把他们仅有的十万元存款打到他卡上。

"风餐露宿的,有钱傍身总是好。"

"什么风餐露宿?"我疑惑。

"签完字,他说他自由了。现在他要用自己喜欢的方式生活,开车去流浪,一路唱歌、画画……"

"一路卖唱、卖画。"我喃喃。

"别这么刻薄,"熊倩竟有些不快,"这样也好,他不适合世俗生活,我不适合和他生活,我们都解放了。"

五

熊倩说,当年舞会,她最后一个进场。

她目不转睛地盯着台中央,王峰是发光体。

王峰唱到最后一句:"我只能一再地让你相信,那曾经爱过你的人,那就是我。"他摔了吉他,长发生风,朝熊倩走去,弯腰、伸手,请她跳舞。

掌声雷动，口哨声不断，这才是舞会的最高潮。

王峰后来说，他一直唱，一直唱，就是等熊倩出现。

"其实，那天晚上，他成全了别人，也成全了自己，"熊倩说，"正如现在，我的成全。"

最大的不般配，是彼此的世界完全不同；而最大的灾难，是不同的人逼着你和他相同。

最不般配的夫妻

一九九二年的暑假，我住在舅舅家。一日，我去舅舅厂里的图书馆借书，遇到一个图书管理员，姓张，很凶。她的面部线条僵硬，鹰钩鼻子，颧骨很高，眼神里满是戾气，眼睛从镜片后恶狠狠地看着我。

我想借《二十年目睹之怪现状》，这是暑假作业"课外阅读"要求的。她转身走进满是浮尘、由排排书架组成的幽暗长廊，再回到我面前时，拿着两本书，冷冰冰地说："唔，这本也不错。""这本"指的是《老残游记》。

晚饭时，我和舅舅谈起我在图书馆的奇遇。舅舅停了筷子，叹息："前两年，小张还挺水灵的。现在，人很古怪，不笑，见人也不打招呼。"

水灵灵的"小张"是如何变成图书馆怪阿姨的？我好奇不已。

渐渐地，我从周围人那里了解到，张阿姨是附近郊县人，连续三次高考落榜，终于灰心放弃。经人介绍，她嫁给了国有大厂的车间主任老关，大她十来岁，但在外人眼中已是"飞来横福"。

她的农村户口变为城里的，从无业到有业，先做工人，后来因为有点文化去了图书馆；她的两个弟弟也被带进厂里工作；老关还分了一套四居室，他、张阿姨、孩子、两个弟弟住在一起。

厂里工会的李主席就住在舅舅家对门。老关找他"告状"时，李主席用"作"来形容张阿姨："怎么看，你都是一个合格的丈夫！没有你，哪能有她？好日子过多了，过浑了！"这天，隔着墙，我听见李主席拍桌子的声音。

而老关也扯着嗓子喊："写写写，写什么写？老子要不拿皮带抽她一顿，她还在那儿天天写，还想往外面跑呢！"

"不过打人总是不对的。"李主席批评老关，"行了，你回去吧，我再做做她的工作！"

关门、咳嗽、吐痰、趿拉着拖鞋重重落在楼梯上的脚步声渐渐远去。李主席的爱人出来倒垃圾时，左邻右舍也相继开门，问："老关家还在闹离婚？"

"嗯……不说话有俩月了……"

"写"和"抽"是此次我窃听的最大成果。"张阿姨写什么会被抽？"我问舅舅。舅舅看了我一眼，文不对题地答："你倒是可以拿作文请张阿姨指点指点，她的文章可是上过杂志的。"

还没搞清楚张阿姨"写"什么，我就亲眼看到她被"抽"了。一个下午，老关冲进图书馆，跃过矮柜，扯着张阿姨的头发就往外拖，全图书馆的人都来看热闹。馆长有些尴尬地搓着手："老关，你这是干什么？告诉你消息，不是让你来打人的！"所谓的消息是扔在地上、被撕成两半、盖着公章的录取通知书，来自北京某文学院。

老关继续骂骂咧咧,在众人面前表演他做丈夫的威风。被打的张阿姨没有哭,也没有闹。但是当天深夜,她家所在的楼里一片人声,救护车来了又走,老关忙上忙下,命令妻弟们干这干那——张阿姨喝了一瓶花露水自杀,被送进医院抢救。

据说,上次关家闹出这么大动静,还是一年前。当时,张阿姨受邀去桂林参加笔会——她自高中起写稿,写了十几年,终于发表了几篇有影响力的小说。老关不许她去,而她执意要去。半个月后回到家,被老关用皮带一顿好抽,全厂都听见了她的惨叫……

"哪个过日子的人,不要孩子不要家,出去和一帮男男女女鬼混半个月?"一个观众复述老关的说法。

"其实,老关就是怕管不住她。"另一位观众解释道。

"闹离婚闹了一年,按理说,不写就不写,不去就不去,多好的日子啊……"众人慢慢散了。

"她不是还有两个弟弟吗?怎么不帮她?"睡前,我轻轻问。

"她娘家人都指着老关翻身呢,哪里敢得罪他!"舅妈轻轻地回答。

没等张阿姨出院,我就回了邻城的家,之后再也没有她的消息。

再想起她,已是二十几年后。我坐舅舅的车回老家,窗外的风景半小时没换过,舅舅拧开广播。

电台主持人正发起话题:"你和你的丈夫或妻子般配吗?你认为夫妻间最大的不般配是什么?"接着,主持人念听众来信(短信),大家关于不般配的答案莫不如是——家世、年龄、职业、容貌……

我也在脑海中搜索我见过的不般配夫妻,忽然就想起了张阿姨,问舅舅她的结局。舅舅说:"出院后,她脑子就有些糊涂了,回家静养,没再上过班。后来,馆长很后悔。他说,那天小张来找他盖章,说这是她最后的机会。不知是说离开老关,还是别的。"这个结局让我痛心。

现在的我和当年的张阿姨差不多大。回顾那年夏天看到的事:午后的毒打、被撕破扔地上的录取通知书和花露水引发的夜间喧哗……张阿姨和老关是我见过的最不般配的夫妻。

最大的不般配,是彼此的世界完全不同;而最大的灾难,是不同的人简单粗暴地逼着你和他相同。

那个夏天发生的事,给我巨大的冲击:看似稳定的一切都可能毁于一旦,但绑定两人的那根线韧劲十足,令我动容,从此以后,我相信世间真的存在这根线。

谁与你共赴人生无常

十几年前,我在安庆读书,常去一家"宿松饭店"。老板和老板娘均来自附近的宿松县。

宿松话很难懂,老板娘常和老板叽咕一番,再扭头用普通话招呼客人。她不仅语言切换十分利落,打扮、做事也利落,常一边收拾台面,一边迎来送往,嘴上还算着账。她的圆脸、圆眼裹在长发里,很像刚红时的张惠妹。

因为常去,老板娘能很清楚地叫出我的名字。

有时,店里没什么人,等着上菜的时候,老板娘便和我聊天。她说,她十六岁去广州打工,后来,在一家酒楼遇到当厨师的老板。"就被套住啦!"说到这,她爽利地笑,双手清脆地一拍。

我在宿松饭店必点蛋炒饭作为主食。

老板娘总在冒尖的饭上堆些自制的小菜,如雪里蕻、咸豆角——炒饭的干、香和咸菜的辛、爽一起裹入口中,真是说不尽的完美体验。

我在安庆度过第三个夏天时，老板娘的娃已满地乱跑。

一天，老同学问我，知不知道门口宿松饭店出了事。原来，一名食客酒醉后闹事，被泼辣的老板娘赶了出来。烈日，重酒，推推搡搡，食客倒地不起，再没醒来。

果然，等我再去，宿松饭店店门紧闭。

一个月后，重新开张，新店主透露出来的讯息是："原来的老板卖了店和家里的房子，为他老婆打官司。"

我这才知道，老板和老板娘的婚姻并不被看好，"家里不同意，只好来安庆""女的比男的大三岁，还离过婚"……我大惊：我曾亲眼目睹，店内没客时，老板娘正伏在老板膝上呢喃，我没见过比他们更恩爱的夫妻。

惊诧、伤感、唏嘘，与室友卧谈了许久之后，宿松饭店终于成为往事。

寝室老大曾在路上偶遇过老板。"他蹲着，埋头吃盒饭，胡子拉碴，看起来很憔悴。"老大顿一顿，"眼神直勾勾的，看人就像直接穿过去。"

"他老婆被判了刑，他还在为她跑。他说，他等她。"在我的追问下，新店主提供了最新消息。

那天，我依旧点了蛋炒饭，难吃得没法下咽，我要求"给点榨菜下饭"时，继任者手一摊："没有。"对着熟悉的店堂，老板娘如在眼前拊掌微笑，那一刻，我体会到什么叫伤心。

毕业后，我再没去过安庆，也再没他们的消息。有时我会想到他们，比如在任何时候端上一碗蛋炒饭、遍寻小菜时。

有一年，我把这个故事说给丈夫听。那时我们惹上一桩棘手的官司。我们走出法院,在最近的饭店相对坐着,只胡乱点了两碗蛋炒饭。

"服务员,给点小菜!"我一扬手。话毕,老板、老板娘仿佛隔着时空,风尘仆仆地走过来,一个爽利地拍着巴掌,一个蹲在地上,埋头吃着盒饭。

我向丈夫提起那间饭店、烈日下发生的一切和"他说,他等她"。我们空洞地谈着这个故事,如谈论任何八卦,没有目的,没有结论。

后来,官司和平解决,虚惊一场。我们对待它,如对待所有不愉快的记忆,休提起,提起了,惊魂未定。

一日,丈夫看了看冰箱,决定炒饭,装盘时问我:"小菜呢?"

我们很自然地说起宿松饭店,回顾上次说起它的时间、地点。我说:"我当时只想告诉你,人生无常。"他愕然:"我以为你想说,不离不弃。"

我突然意识到,为什么这些年,我仍无法忘记——

我不知道老板、老板娘波澜壮阔的前传,也不知道故事的最终结局,但那个夏天发生的事,给了我巨大的冲击:看似稳定的一切都可能毁于一旦,但绑定两人的那根线韧劲十足,令我动容,从此以后,我相信世间真的存在这根线。

冒尖的炒饭上,嫩黄的蛋、碧绿的菜被我拨来拨去。我希望他们还在一起。

他比你大十几岁,甚至更多。

他的阅历、经历、资历、权力,无一不代表魅力。

他们名叫大叔,最关键的是还有文艺的外壳。

他们看起来还很懂你,一度对你极尽溢美之词、溢美之爱,可为何,最终没有善待夺目的你?

文艺大叔为何不善待文艺的你

他读过几年书,做一份平常工作,因不甘平庸而出走,一路北上,做了北漂。

他在文章中写自己的父母:在南方农村老家,他们闲时对饮、举案齐眉,若一对不老的金童玉女。

但细心人考证:他的祖上曾"阔"过,到他父亲这里开始潦倒。一个茶叶店的帮工、一个寻常村妇,组合成的家庭经年欠债。

他的"成功"显然与家人、家世无关。

靠人缘、人脉、时势、时机。

为此,他追随过闪闪发光的同学,像赶时髦一样表示过要刺杀目光所及最大的军阀——他想成为人物。

他也确实成为了人物,过程中,他忍过冷眼、受过嗟来之食。

他有才华，也唯有才华，终于才华被更广阔视野里更大的官赏识（且不论性质），他就此登上"高位"，一洗常年为经济所累，甚至妻子相继而亡的窘境。

轮到他开始讨还这世界欠他的。

落实到男女问题上，自然是更好的妻、更多的妻。

在拼命摆脱出身的路上，他见风使舵、过河拆桥，否则怎么会短时间发迹？

他见人说人话，见鬼说鬼话，还锻炼了良好的心理素质，自有一套逻辑：凡事必有一个"不得不""不得已"的理由。再落实到男女问题上，他看起来多情又无情，自卑又自负，破绽百出又每次都能自圆其说、化险为夷。

这时，他已有些岁数、阅历、经历、资历、权力……

总有一款俗名叫魅力。

更何况他在江湖上练就的高超交际术，回到男女问题上，他擅玩暧昧，好点高级赞，也堪折马谈方略，又会做陶看野花。

完美情人呵，未必，但在有限山水里，逢山过山，逢水过水，尤其对涉世之初的年轻女孩。

果然，当他在报纸上看到一个夺目的名字，随后便成功地俘获了她。

夺目者是个著名的才女，此刻像战利品，证明他的高度，他再用不忠、随意、日后屡次提及的待之以"妾"的身份彰显他本应被匹配如此甚至还能更高的命运。

"同仙女恋爱过"，才女传记的作者如是定义他的招摇与窃喜。

连伤害仙女，与其藕断丝连（不过一封借书的信），熟知仙女的作息、写作习惯，都能让他的后半生不断起涟漪，他甚至忍不住拿它们做谈资对其他女人提起——其他女人，更适合他的女人，或妻、或妾、或姘头、或学生……

她们有的如白纸，仰视他的现在；有的是同类，因为懂得"奋斗"的艰辛，所以慈悲他那些"不得已"的"不要脸"，不以他"皮袍下的小"为意，能平视他的"低"。

而仙女本尊，则平视他的高，俯视他的低，有时甚至连他的高也俯视……因此，他们不适合。及至分手多年后，态度仍相反，他的低让她汗颜，一段情如耻辱，她的高却是他的最高峰，终其一生，津津乐道。

以上是一段著名的情事，当事人是著名的胡兰成与张爱玲。

我在读《你因灵魂被爱：张爱玲传》时，仔细研究了男主人公的人生轨迹、他们的情感纠葛，感觉很熟悉，只因周遭类似的人、情从未绝迹。

文艺大叔才华横溢，站在多少文艺女渴望的世界里，是既得利益者。

他曾千方百计地接近你，也曾对才华横溢的你极尽横溢之赞美、呈现横溢之爱，但骨子里，他并不需要你，也不会善待你。

他或挣扎，或奋斗，总之走到今天费了番力气，他雄心勃勃，在男女问题上不会淡然、不会专一，他正开始讨还世人欠他的，享受花花世界，怎么会在乎灵魂伴侣的你？

胡兰成从不孤单，他的身影至今仍在各式圈子、沙龙里。

胡兰成式的大叔只有和比他低很多的人在一起，才会有仰视的快感、施恩的幻觉,你却要小心——

你很好,他也很欣赏。

而你,只是猎物、只是谈资、只是奇遇。

所谓理想、梦想抑或基于原始冲动追求的"明亮那方",于普通人等、庸常人生究竟何益?

没有更多益处。生老病死诸多苦,无一能消除。

除了生命短时,它让其显得好。

除了遭遇相同时,它让你"退回来的灵魂有个可以永久居住的地方"。

除了你秉着"calling in life",完成你的使命时,有逢山过山、逢水过水的勇气,它如一张"救生筏",渡一切苦厄。

向着明亮那方

她们没有交集,除了出生年份相近,各自拥有一段非凡的经历,再就是,与她们相关的书一并立在我的书架上。一日,我翻翻这本看看那本,忽然发现,她们之间有些共同的东西。

金子美铃,一九〇三年出生于日本山口的一个渔村。成年后,她在继父的书店打工,又嫁给书店的店员。丈夫无良,她被传染淋病。离婚后,他又把女儿带走。一九三〇年三月,万念俱灰的她选择自杀。

这不是一出寻常的悲剧,金子美铃的另一重身份是上世纪二十年代日本童谣运动中的"巨星"。她被诗人西条八十誉为"拥有日本女性罕有的想象力的飞跃"。

"罕有"没能让她摆脱庸常的命运,却在有限的生命里,带给她超越庸常的欣喜。

比如,二十岁,她的第一首童谣《鱼儿》发表,有人描摹那时的她,"越写越开心,越写越好……写童谣渐渐成了她的第一大乐趣。"彼时,她的生活与诗毫无关系,她正帮着家里打点下关小书店的生意。

又比如,一九二九年,她在笔端温柔映照的《麻雀》——

"我有时候想:我要给麻雀喂好吃的,把它们养乖了,给它们取名字……"

晶莹文字背后,没人猜得出,这时她生活困顿,婚姻出现危机。

她的作品中文译本《向着明亮那方》,书名取自她的同名诗——

"向着明亮那方,向着明亮那方;哪怕一片叶子,也要向着日光洒下的方向。灌木丛中的小草啊……"

摸着诗句,我无法将向着明亮的诗人与绝望自杀的少妇统一,能统一的只有后人的分析:童谣是她的小花园,她被丈夫退回来的灵魂可以永久居住的地方,她的小世界。

那么,没有童谣呢?

伊莲娜·内米诺夫斯基与金子美铃同龄。

她是俄国一户富贵人家的女儿,二十六岁在法国用法文写作成名。此后,十年文学路坦荡无阻,直至二战爆发。因为是犹太裔,法国政府拒绝她加入法国国籍,剥夺她出版作品、工作的权利。一夜之间,天翻地覆,她不得不戴着代表其身份的黄色星形标志躲在小乡村。

面对浩劫,她以贝多芬《第五交响曲》为摹本,构思一部史诗型的作品《法兰西组曲》。她的时间只够完成其中两部——《六月风暴》和《柔板》。三十年后,她的女儿整理其手稿时发现,写至《柔板》,纸张不够,窘迫的她只能用小字在笔记本上密密麻麻挤着写。

> 为了举起如此沉重的负荷
> 西西弗斯,我需要你的勇气
> 我并不缺少完成这项工程之心
> 但是目标长远,时间却如此短暂。

她这样激励自己。

> 我的周围是松树,我坐在我的蓝色粗羊毛衫上,在一片腐烂的枯叶的海洋中央,前一夜的暴风雨浸湿了叶子,我双腿盘坐,好像坐在救生筏上。

她在拉麦森林里写作时这样写下。这是一九四二年七月十一日,两天后,她被送进奥斯威辛集中营,一个月后行刑。

我不知道是她的勇气促成《法兰西组曲》,还是《法兰西组曲》赋予她勇气,行至生命最后仍保留尊严,使她异于那些仓皇应对变故的世人。

张瑞芬,比她们小一岁,家在广东恩平。

十七岁赴美,二十七岁响应孙中山"航空救国"的号召,成为林肯航空学校唯一的女学员。《航空女杰》记录了她在中国航空史上创下的八个第一、六个唯一：第一个中国女特技飞行员、第一个滑翔降落的中国女子、取得三种飞行执照（私人、商业、国际）的唯一中国女子……

一九四二年，面对弥留之际的父亲最后的要求，她发誓再也不飞了。

我关注的是她停飞后的经历——

她在机场附近开了家花店，每隔一段时间就带着女儿去看飞机。每次去机场，她总隔着铁丝网往外看，说："看一看飞机，看一看那些戴着飞行帽、精神抖擞的飞行员。"

一九九五年，她的曾孙在学飞机驾驶。一日，她赶去机场观摩。九十一岁的她登机，摩挲着驾驶杆，对教练说："我曾是个飞行员。"而后，独自驾驶，飞了半小时。

想来半个世纪，真正的她只活了这半小时。但如果没有这"真正的"存在，一个寻常耄耋老太如何保持在高空航行的心、力？

她们都是传奇。

成年后，我一直思考，所谓理想、梦想抑或基于原始冲动追求的"明亮的那方"，于普通人等、庸常人生究竟何益？

没有更多益处。生老病死诸多苦，无一能消除。

除了生命短时，它让其显得好。

除了遭遇相同时，它让你"退回来的灵魂有个可以永久居住的地方"。

除了你秉着"calling in life"，完成你的使命时，有逢山过山、逢水过水的勇气，它如一张"救生筏"，渡一切苦厄。

每一个屋檐下都可能有一段坎坷人生,每一串爽朗笑声背后都可能是刻意遮掩或释放的、生活对当事人的为难。

上帝
来使

她是我奶奶的邻居,住对面楼,厨房和我奶奶家的阳台对着。

一次,我奶奶晒被子,脚崴了,一时半会儿站不起来,瘫坐在地上。她正好在做饭,从窗子看过去,大喊大叫,又下楼发动群众,包括开锁的,冲进来,把老太太送去社区医院。

我奶奶躺在床上一个多月,她常来聊天,还送了本布面精装的《圣经》。我奶奶将它放在床头,脚好后,也随她信了教。

此后每逢教会活动,我奶奶都和她同出同进。渐渐地,我奶奶想教育我们时,往大了说,言必"上帝";要接地气,则言必"小顾"。

她让我奶奶有了新朋友、新生活。

我们家人感激她,买了礼品去她家,被她严词拒绝,口口声声:"是上帝派我这么做的。"

我们推让半天,只好也说:"是上帝派我们来送的。"

她还是拒绝,于是我们只好将礼品折现,等我奶奶去教会时,奉献给了上帝。

我见过她几次。

每次都被她吓一跳。

她第一次来我奶奶家是为救人，是破门而入、冲进来的，之后就变成惯性——总是不打招呼，忽然出现，放下些自己做的好吃的、好喝的，用高亢的嗓门喊："杨奶奶，这几天好啊？"再逐一问候在座诸位，无论熟不熟，问完，又旋风般走了。

前几天我回家，又遇见她。

快过年了，她带着教会姐妹来给我奶奶打扫卫生。

我和堂妹原本是来劳动的，却被她们拦住，她们——几个中年，甚至老年人，爬高上低，扯下窗帘，扔进洗衣机，再大坨地拽出来，几人合力摊晒……我们都很不好意思，要给钱，被为首的她拒绝："要谢，就谢主吧。"

事情做完后，她又带着她们呼啸而去。

我奶奶说："小顾，好心人啊！"

她"咚咚咚"的脚步声消失在楼梯口。

我奶奶又说："小顾，苦命人啊！"

我们这才知道关于她的一些故事——

她是本地人，早年在纺织厂工作，中年下岗，做些小生意，结过两次婚，生过一个孩子。

"这有什么苦命的？"我诧异。

在一旁的堂妹也插嘴："现在，离过婚又不是多大的事儿。"

"那孩子，"我奶奶叹气，"比你们小不了几岁，能吃，会打人，包括打她，一直没工作……"我奶奶指了指脑门："这里不太灵光。"

我们面面相觑，都沉默了。

"小顾有次跟我说起她的前夫，哭了"——我难以想象金刚一般、总是"哈哈哈"的她梨花带雨的样子。

"当初，她前夫让她把孩子扔了，再生一个健全的，她没舍得。后来前夫就和她离婚了，现在已经抱孙子……这边娘俩再也没管过。"

"还好，她有个后夫。"我说，堂妹点点头。

"半路夫妻，又不是自己的孩子，"我奶奶继续说她的哭，"她那天哭，因为骑电动车，出了个小车祸，人不碍事，但回家一说，原本是希望后夫安慰她，谁知道后夫张嘴就来：'你可得注意身体，你要有个好歹，你的那个孬儿子怎么办呢？'"

我奶奶的重音放在"孬"上，还捶了捶桌子，捶得我都想掉泪了。

"咚咚咚"，顾阿姨又回来了。

她提着个饭盒，里面是她新做的小蛋糕，说是看我们姐妹在，特地回家拿来的。

她还是那么大嗓门："趁热吃。"

我们被她命令着，不得不从，她在一旁欣赏我们的吃相，说她儿子就没这么秀气。

她和我奶奶闲聊春节的节目，夸她后夫怎么帅，回娘家怎样给她争脸，"现在，拿张照片出去相亲，也一扑一个准""哈哈哈"；她还要带儿子去郊外滑雪，电动车肯定不行，听人说可以叫个"专车"，但不明白怎么回事。堂妹顺手帮她在手机上装了软件，又手把手教她。

她"哈哈"道谢，堂妹按她的习惯回："是上帝让我这样做的。"

她在胸前画了个十字。

她和我奶奶约定教会见。

说起刚才一起来劳动的张姐妹、王姐妹、刘姐妹各自的烦难，她打算如何帮助。

"每一个屋檐下都可能有一段坎坷人生，每一串爽朗笑声背后都可能是刻意遮掩或释放的、生活对当事人的为难。"

她在我对面，我却发了条短信给摆出倾听姿势的堂妹。

"是上帝让我这样做的。"她显得很开心。

有些误会，还没讲完，那就算了吧。那些对错，在岁月中，已经难辨真假。

绝交

一

程文与李维交好，不出任何人意外。

两人都是职业女性加文艺青年——办公桌上都放着一排铁艺小盆栽，下午茶时间，都喜欢捧一杯咖啡，读一本小清新散文。

程文比李维晚来公司半年。

其实她们是同校，但李维高两级，学中文。

程文呢？毕业后兜兜转转，学考古的她不断试错，试哪行更适合她，最后试进这家广告公司。

两人的友谊始于一次出差。

在这之前，程文刚从一家流水线生产选秀艺人的明星经纪公司离职。举办活动、协调现场是她的强项，而李维的文案强，凡纸上出现的，是文字的，无论形式、载体，莫不让她完美展现自身才华。因此，由她俩搭配完成一场落地宣传，在老板眼中简直是神搭档。

这天，看场地、联络各方、沟通流程。

待程文小本子上密密麻麻写着的事项全部画上钩,她回到酒店,见李维正对着电脑工作,便打个招呼,瘫在沙发上。醒来,她发现身上盖着薄被,临近的茶几上放着一杯冷饮。

夜武汉,灯火灿烂。

李维伸个懒腰,合上笔记本,程文在一旁都快将酒店配备的关于武汉自助游的书翻烂了。她兴致勃勃地指着其中的一页,表示想去那儿、还想去那儿。李维兴致更盛,喊着:"同去!同去!"梳洗罢,她们不约而同地换上小黑裙,走在街头像煞孪生儿。

高脚杯摇,猩红色酒液荡。

她们谈起过去,母校、各自系中的知名人物,及其他。

其实,程文和李维就是知名人物,比如李维提起她曾经的网名"丽尔莫斯",程文惊呼:"原来是你。你是桃花社社长。"——桃花社是该校驰名全国的文学社团,正是由丽尔莫斯创建。李维摆摆手:"俱往矣。"

至于程文,就更"系喻班晓"了。早在大学时,她的组织能力就得以展现——她曾做过学生会主席,李维重复了程文的话,"原来是你",她知道这个学妹,现在终于对上号了。

在校时的风光和眼下的生活两不相干,但往昔的记忆、相似的经历能拉近她们的距离——李维毕业后一直在上海打拼,而程文先是回老家,三个月后又杀回来……

躺在床上,两人又说起各自的感情状况。程文单身;李维新婚,但异地婚比之前的异地恋还让她烦。"我看不到解决问题的时间与办法。"她在黑夜中摊摊手。

二

回到上海,程文和李维成了一对。

一对的意思是,同吃同玩,分享情绪和秘密;等到程文房租约满,干脆和李维搬到一起。又过了半年,公司人员调整,李维申请让程文来她的项目组。此后,李维虽是项目负责人,但以她俩的关系,以程文的资质,李维不在时,项目组的事务均不成文地由程文定夺。

一日下班后,程文和李维在徐家汇逛街。

程文谈到她的理想爱人,一定得和她是朋友,伟大的爱情中都有友情的成分。李维笑,反驳:"伟大的友情通常也有爱情的成分。"听到这话,程文有些出神,她想起韦萍,大学时形影不离的小伙伴,李维问她怎么了,程文简要介绍起她和韦萍的恩怨——

韦萍是程文的发小,大学又同校,两人一度相视莫逆。

犹记得大二时,程文参加一项大型比赛,前一夜紧张得睡不着,韦萍便陪她在学校操场兜圈,四百米的操场,她们起码走了五十圈,走到女生楼关门,两人只能在校门口的快捷酒店睡。

"文文,你一定行的。"那夜韦萍鼓励程文的话犹在耳边,后来还常常响起。但随着程文的父亲因一桩官司被警察带走调查,几个月后虽安全回家,单位却让他提前退休,一切待遇取消,韦萍也疏远了她。

一次口角,韦萍冷冰冰地对她说:"做朋友也不是一辈子……反正你爸爸也不是我爸爸领导了。"

两人再没说过话。

李维把手摁在程文抽搐的肩膀以示抚慰,看得出,在友情这块儿,程文至今没从韦萍给她的伤害中走出。"依赖、欺骗、蜜里调油、反目为仇、老死不相往来……"程文总结她和韦萍的各种情状,"确实,很像爱情。"

李维也摇头,她的看法和程文不一样,"谁吵架时,不说最狠的话?""或许,韦萍也后悔了呢?""更或许,在一个特定的阶段,你本来就比其他时刻更敏感?"

程文继续摇头:"反正已经绝交了。今生今世,我不可能再和她说一句话。"看着她发狠的样儿,李维"哇"的一声,吐了。

李维怀孕了。

刚才逛街,程文还在红灯前一秒拉着李维猛跑,现在,简直要捧着她肚子,生怕有任何闪失。

李维惊喜莫名,从"哇"到验孕试纸出现两条杠,不过一个小时。还是程文机灵,排除吃错东西、中暑,迅速推断,果断步入临街的药房,并找了个卫生间让李维测验。

"还是要去医院。"程文再一次做主。李维问为什么,程文白她一眼:"排除一下宫外孕。大学时,一个室友宫外孕,大出血……太危险了,还好捡回一条命。"

她没说的是,当事人就是她自己,而当夜陪她经历生死的是韦萍。

三

说韦萍,韦萍到。

当然,到的是和韦萍相关的人。

李维怀孕七十天,忽然见红,她吓得面无人色,立马去医院开假条,休假。

给她开假条的是市医院的医生崔力,也是程文的发小。"当初韦萍铁了心要考上海,就是因为崔力考来这儿。"坐在医院的长椅上,程文向李维八卦。

"可是为什么,我觉得崔医生更像喜欢你呢?"回到家,躺在床上,捧着小瓷碗喝汤,李维道出她的观察。

"别胡说。"程文晃了晃水果刀,她正给李维削苹果。其实她怎么会不知道,但作为韦萍的闺密,多年来,她习惯了绝不和崔力有交集,即便现在仍保留这一习惯。

夜深。

崔力发来短信:"让你的朋友放宽心,现在空气质量不好、辐射多,很多孕妇见红,很正常。"

"谢谢。"程文回,想想,又回一条,"今天多亏你。"

谁知崔力就直接打电话来了,程文恨自己画蛇添足,抓起手机去阳台接,嗯嗯啊啊半天才顺利挂掉。一回头,透过玻璃窗,她看见李维在哭,慌忙推门进去——李维刚和丈夫吵过架,丈夫无论如何也没法伴她左右。"他说,就算辞职,也得有办手续的时间,何况现在有娃了,说辞就辞,岂不压力更大?"李维哭着说,"可我现在这个情况怎么办?"

程文把胸脯拍得"咚咚"响:"有我呢!"

请钟点工、陪产检、做工作交接……

这么说吧,李维拿回假条,就没去过公司,一切由程文代劳,而李维项目经理的身份此刻也是由程文代替的,她隐约觉得李维会不高兴。但特殊时段嘛,李维以后会谅解的。她想。何况老板的原话也是:"多向李维请教,珍惜机会,以后你们各自带一个团队。"

但李维不这么想,她躺在床上,也心心念念着项目。一日,她问起程文项目进展,针对一个文案,她怎么也不满意,"一二三"评点完毕,程文已加班到困顿,哈欠连天:"我已经交代他们发给各媒体了,就这么着吧。""你交代?"李维问。稍后,她打电话给团队的另一成员,得知真相,半晌无话,却在黑夜里,怔怔地落下泪来。

四

李维以婆婆前来照顾为由,让程文搬出去。

她声音冰冷,态度漠然。程文心里明镜似的,想解释,但刚清嗓子,喊"李维",就被她一挥手制止了。

程文怕李维动了胎气,只得从命,搬走前,她小声嘱咐钟点工注意事项,还塞给对方一个红包。李维视若无睹,继续冰冷、漠然地关上房门。崔力帮程文拎着大包小包,不明就里:"你这朋友不知好歹啊。"程文忍着,上了崔力车,才抽抽搭搭地哭起来。

"你们女人的友谊都这样吗?"崔力趁人之危,手勾住程文的肩膀,"好的时候就跟一个人似的,坏的时候就像从来不认识……"

程文哭得更厉害了,她又想起韦萍,这次是继韦萍之后,她第二次在友情上受重创,甚至更重。"这次,是我辜负人,可我不是那样的人,我连解释的机会都没有……"

"你也没给韦萍解释的机会。"崔力翻手机,翻出韦萍给他的短信,韦萍前段时间结婚了,请他赴宴。程文不想听关于她的任何消息,直摆手,可崔力仍要说:"韦萍毕业前向我表白,那关系到她是留在上海还是回老家。我说，我喜欢的是你。韦萍不愿面对这一事实，她认为是你家境好、爸爸是领导、对我更有用……她后来很后悔，但你手机换了，邮件不理……"

"我把她拉黑名单了。"程文轻声说。

程文在崔力家睡的，这一夜她辗转反侧，崔力亦是。醒来，她告诉崔力一个决定，崔力屏息听着。"我要辞职。"

辞职理由很简单，"不想让李维觉得我是小人。"程文道。她把这个决定通过微信发给李维，但被退回——她被拉黑了。"有些人，功利、利用人、所到之处寸草不生……"李维写在微博上的话，多么眼熟，多像她那时说韦萍的。

五

失业、失信的日子，崔力收留了程文。

为答谢，她没再搬出去，但有个定时炸弹，一直悬在他们中间，她一直没敢问。

直至回老家办婚礼，谜底才现。

韦萍出现在婚宴，她挺着肚子，腹中的孩子与崔力有点关系——韦萍后来嫁的是崔力没出五服的远房堂哥，程文还得喊她一声嫂子。她们竟极自然地打了声招呼，崔力问韦萍感觉怎么样，韦萍说："第一次怀孕没经验，老紧张，等程文怀上就感同身受了。"她向程文眨眨眼。

不合时宜的，程文想起李维，她的肚子该和韦萍差不多大了吧……

两个是古人，山涛和嵇康。两人绝交后，嵇康临终前仍把孩子托付给山涛，山涛也不负他所望："如果给我一个机会，我也会。"

于是，这个新娘子，在人生关键时刻竟然发了一条微博：有些误会，还没讲完，那就算了吧。那些对错，在岁月中，已经难辨真假。放自己一马，捡回一个朋友，你呢?

有的人，你找遍天涯海角，也不过想给他/她点个赞。

江湖
再见

一日，我接到一通电话，来电者春鹏，是我以前的学生。

我们做师徒时，他十六岁，而今二十八，自然，电话内容与课本无关。"我想咨询点情感问题。"他说。

原来，春鹏做了一个梦。

梦中，他邂逅了高中时暗恋三年的女生。

女生叫小艾，穿粉红百褶裙，站在窗台上，正拿一块抹布擦玻璃，她的身边还有个女孩，但面目模糊。春鹏路过她们，小艾一如既往地没注意到他，可面目模糊的那位却喊："春鹏，再不说就晚了啊！"

下一个场景是校门口。

"我一定等了她很久，以至于梦中，她都换了一身衣服，"隔着话筒，我听出春鹏的黯然，"是校服。"

小艾终于出现在春鹏面前，他鼓起勇气说："嗨！小艾，我们认识一下吧！"小艾没有拒绝，但很快被刚才的同伴拉走，她们似乎赶着去做什么，小艾拧身、回头，留下一句话："何春鹏，再见啊！"

春鹏醒来，眼角有泪。

他身在济南一家酒店的标准间。

醒来前的最后一幕如此真实,真实到十年前确实发生过:填报完高考志愿,春鹏守在合肥九十九中的门口等小艾,小艾穿着校服走来,他向她示好,表示想进一步交往,可小艾被同学拽走。临走时,小艾喊了春鹏的名字,也是唯一一次,她说"再见",可此后他们再也没见。

回到酒店标准间。

春鹏觉得胸闷,他打开窗户透气,回想起高中三年,早操从未缺勤,只为转体运动时,小艾的眼神正好能碰触到他的;他好好学习,就为了在学校红榜上有自己的名字,小艾能看见;他们上学、放学同坐一路公交车,却几乎没说过话,他最爱做的事就是在公交车上默默凝视小艾的侧影,小艾习惯将头发别在耳后,她的耳根雪白,耳垂如贝壳……

春鹏越发透不过气了。

"老师,我忽然恨起自己的懦弱,恨十年前,为什么碰到喜欢的女孩不敢去追,好不容易去表白,受点挫就完全放弃……我甚至连她考上哪所大学都没敢打听。"

"那么,你想问我的是?"听完春鹏的梦,除了怅然,我不知还能做什么。

"我该去找她吗?"

"你能找到她吗?"

"找到了,她会不会觉得我唐突、滑稽?"

春鹏似乎不担心"找"本身,更担心梦中情人对他的观感。他更透露遗憾的核心:其实,他感觉小艾也喜欢他,理由是"高中那会儿,我骑车,她的闺密也骑车,她不骑,但放学时会一起走,如果时间把握得好，我们会在车库里遇上"。"有一次，我们的车停在一排，我低头解锁，抬头的一刻发现她在看着我，背对着她的闺密。我们的视线交会后，她仿佛惊到了，迅速转身面向她闺密那边……"春鹏长叹一声，"但，毕竟十年了。"

是啊，十年了。用港剧腔说，人生有几个十年？

可是十年，你都没有忘记一个人，她还会入梦。梦回，还会让你透不过气，透不过气，不是因为结束，而是因为从未开始……且春鹏强调他后来的两任女朋友都像小艾。

我想了想，鼓励他："去找吧，就当完成一个心愿，或者说，解开一个心结。"

春鹏满意地挂断电话，我看，他需要的只是我帮他说出心声。

几天后，他报告进展。

他联系上几个同学，包括隔壁班即小艾班的班长。他旁敲侧击，有无人和小艾有联系，他的司马昭之心如此明显，人们的反应是，"春鹏，你不是暗恋小艾吧""你的反应也太慢了吧""先请客，再帮忙"。小艾班的班长倒是爽快，"有，见面详谈"。

几个月后，春鹏向我提起那场"详谈"。

他欣欣然赴约，觥筹交错间，拽拽班长的衣襟："那个，小艾的电话？"班长慢条斯理地从西裤口袋摸出手机，翻阅通讯录，咕噜咕噜报出一串号码，春鹏起码让班长重复了三遍才确定无误。然后，他谎称去洗手间，在走廊拨通那串号码，他忐忑地喊了一声："是小艾吗？"话筒的另一端传来一阵哄笑——他被班长捉弄了，班长只是把自己的另一个手机号给了春鹏。

129

还好,不算颗粒无收。

通过班长,春鹏弄清楚了小艾后来上的哪所大学,学的什么专业,最后一次出现在同学中是什么时候。一度,春鹏总泡在豆瓣的武汉大学小组,他发了帖问:"谁有××级考古专业小艾的消息?"他用真名注册的ID。

此后,他还得到了小艾的通信地址——高中毕业纪念册上的。那地址属于某企业,他在脑海中爬梳,梳得一个远房表舅也在那儿。果然,表舅是小艾父母的同事,表舅对小艾一家还有印象:"老艾退休了,他闺女听说在海南工作……"

从济南到合肥,从武汉到海南。

春鹏在心里走过千山万水,人也走过。

他春节去了海南,专门在"天涯海角"处留影;他还登录了海南各旅游局、博物馆、图书馆的官网,查阅它们的工作人员名录;他用各种搜索引擎搜六年来海南各城市公务员、事业单位人员录取名单——他穷尽想象判断小艾凭专业可能找到的工作。等他真的找到小艾时,距第一次给我打电话,已近一年。

"我们坐在大圆桌前,同桌的起码十五口。"春鹏显得很感慨。

一年来,关于春鹏"疯了"似的找小艾,传遍他们的同学圈,大家有力的出力,有建议的出建议。最后,某企业家同学提醒,要不要去工商局查查——真的,查到小艾现在是某咖啡馆的老板。就这么,他们江湖再见了。

大家为他俩攒了局,并安排他们坐一起。

"看得出,她很紧张,她还记得我……她已经结婚了。大学毕业后,确实在海南待过一段时间。"

"我没敢问她喜欢过我吗,也没表白。我送她回家才发现,原来找她这么久,她家和我家打车只有十分钟路。"

"由此可见,就近入学就是好,方便初恋们成年后快速找到彼此。"我打趣。

春鹏给我看那晚他们聚会的照片,恕我眼拙,十几个人中,我看不出此女和彼女有什么区别,待知道谁是小艾,也没看出她有什么特别处。

但在春鹏心里她仍是特别的吧。

"她说话时,还是习惯性地把头发别在耳后,我还是心动。"春鹏收起照片,两手一摊,像完成什么任务。

"那么,现在你打算怎么办?"我准备了一肚子别破坏别人家庭的大道理。

春鹏没说话,他只是点开小艾的微信朋友圈给我看,她的每一条动态、每一张照片下都有春鹏献的心、点的赞。

那晚,春鹏送小艾至她家楼下,互相留了联系方式。小艾扭身进单元门,裙子旋成一个圆,她挥着手:"何春鹏,再见啊!"

他的眼泪喷薄而出。

"我已经圆了梦,不再是那个懦弱、受挫便停滞不前的少年。这一路,我搜集她的履历如复习我的成长,寻找她的下落,已昭告天下我的心意和勇气。

"从此,看到她好,就好……看到她即时更新,仿佛我们一直作伴。

"也许,找遍天涯海角,就只想给她、给自己点个赞吧。"

春鹏呵呵笑。

在你掌握主动权的伤害行为中,你心里激发的恶,终有一天会让你无法挽回,无颜面对。

你孤立别人,
你被孤立

一

初二下学期,父母调动工作,孙丽跟着转了学。

入学第一天,办完手续,她走进教室。

已然上课,班主任正坐在讲台前分析试卷。门在她背后掩上,她站在那儿,被晾了有一分钟,才被叫过去。班主任从眼镜下方看了她一会儿,向大家介绍:"这是我们新来的同学……"

她后来才知道,班主任并不欢迎她。

已近中考,忽然转来的学生,成绩好也罢,成绩不好便是拖累。于是,她被安排在教室最后排一个人坐。稍后有人向她爆料,之前坐这儿的某某因患肝炎休学在家,从此,没人愿坐。

新环境、新老师、新的教学方法。

第一次考试,孙丽的成绩糟糕。在办公室,班主任又从眼镜下方看她,接着用指尖弹试卷,对其他老师说:"看,什么垃圾都往我这儿堆。"

孩子们没有大人想象得天真，班主任的态度成为同学们的风向标。很快，孙丽就从外来者、陌生人，变成被孤立的人。

没有人和她玩，即便她带了最新的漫画。

上课提问，不管她回答什么，都会引发一阵窃笑。每个人都在等待她出错。

最让她难以忍受的是班长，一个长得像周慧敏的美丽女孩——遵班主任命，一对一地监督她。所谓监督就是记下她一天的错，放学前向老师汇报。

一日，她在楼道转弯处，遇到班长和几个同学，有人咳嗽，有人掩嘴，"你管的那个谁来了""看，多怕你，溜墙边走"……

她们嬉闹着从孙丽身边路过，班长本来也笑，忽然立住，正色叫她："值日做完了吗？"

都是同学，平级平等，而她受排斥又受管辖，那滋味，怎么说呢？直到成年，在电视里看到周慧敏复出，孙丽还会油然升起负面情绪。

她开始厌学，首当其冲，不做作业。

她常被罚站，夏日骄阳似火，教室里，老师用高昂的声音念着课文，而她总站在门外，无聊地玩门上的锁。

父母注意到她的异常，频繁来校。沟通结果竟是班主任的新要求：每天，父母中得有一人来陪她上课。当这成为事实，全班哄笑。当晚，孙丽的爸爸推着自行车，她坐在后座。一路上两人默默无语，她第一次心生愧疚：我让爸爸这么丢人。

终于熬到毕业。

其实，快中考前，班主任对她的态度已缓和，甚至算友好，但多年后，孙丽在街头遇到班主任，仍当作不认识，中学同学聚会，她从不参加。

这是孙丽心中的一块疤，直至她的爸爸告诉她，班主任态度缓和的真正原因："她家装修时，我和你妈送去一张价值不菲的床……我们都在想，是不是因为我们没早送礼。"

孙丽开始觉得一切像笑话，之前如山压迫过她的人，瞬间矮小，不值一提。

二

把初中班主任当笑话看时，孙丽正陷入新的集体矛盾，大四了，大家都在忙着找工作。

一起坐很久的公交车去很远的地方参加人才交流会，彼此知会、转发论坛上的小广告，一个寝室的姐妹亲得像一个战壕里的战友……

而室友小白在系办公室偶遇一家用人单位，顺便独享了这一信息，前去应聘。"事发"后引起包括孙丽在内的、同屋三个女生的不满，她们三对一，对付小白，已两个月没说话。

不说话，不代表和平。

恰恰相反，她们弄出很多动静。

早晨，三个人轮流在唯一一面全身镜前晃来晃去，不给小白机会；任何时候，大声说笑，小白推门进来，马上停止；小白一休息，就有人故意用塑料袋装东西，发出"哗啦、哗啦"的声音；卧谈会有所指，"知人知面不知心"……

她们的想法很简单，迫使小白屈服、认错、道歉，也只是道歉，不然又能怎样呢？可小白毫无回应。

小白买了一副耳机，只要在寝室，就一直插在耳朵里。

每天，她都在自习室待到很晚，回来后，悄悄洗漱，静静上床，像个透明人。

僵持、对峙、绝交，尽管离别就在眼前。

散伙饭，男生两桌，女生一桌。

以寝室为单位敬酒及被敬，轮到孙丽时，三个姑娘齐刷刷地站起，小白在桌子的一角也迟疑地立起来。"有任何不快，酒干了，就算结束。"大家都知道她们的过节，开始打圆场，谁知，小白一杯见底，趁着酒劲，清嗓子："我知道，你们对我有很多意见……"

小白醉了，哭了。

她醉中带泪，坦承母亲改嫁后，她作为拖油瓶的种种不易，以及"你们都有人帮""帮着找工作""我只有我自己"……

孙丽扶她在洗手间吐，另一个姑娘用纸巾给她擦脸，嘴上却都不依不饶："做人可以光明正大。对得起这么多年的姐妹情吗？"但无论如何，推心置腹后，分手前，她们和好了。

小白"偷享"消息而得到的那份工作，半年后，自动放弃。

她在班级群里抱怨主管的不讲理、待遇的刻薄。而这时，包括孙丽在内的三个姑娘在经过社会的捶打，见识过真正的恶性竞争后，发觉之前对小白"背信弃义"的定义多么幼稚，至于当初那个工作机会也根本不值一提。值得一提的是，关于毕业前那段时光的回忆全是冷战、内耗、满满的恶意。

三

孙丽提起这两件事,在密闭的办公室里。

她带的实习生闹得不可开交,其中一位攻击另一位,所写的长微博不断被转发,成为一时话题。

事情很简单,孙丽管辖的部门,今年只有两个正式编制的名额,而有机会竞争的人是六个。孰去孰留,各显身手,最具社交能力的小C确实发挥了他的能力,也顺理成章地变成了众矢之的。

于是,小C在本单位的"两面三刀",在其他单位的"上蹿下跳",在长微博中,如漫画呈现。

而与实习无关的,他的情史,历任女友因何、如何与他分手,也被人扒出来;连着他在学生会竞选的"内幕":身为学生干部,却有过数次补考记录,有该类记录,却年年能评上奖学金的疑点……在网络暴力下,缺点被当作污点,污点被无限放大,并引起围观。小C在网上被追打,在孙丽部门,其他实习生自觉抱团,他的每一个举动,都会被分析、解读。孙丽在电梯口遇见小C时,只见他精神萎顿,胡子拉碴,头发又油又腻。

孙丽关上会议室的门,几张年轻的面孔围在她左右。

她无意对人品、是非、具体事件进行点评,只谈往事,她像这些人面孔那么大时经历的事。

她提起拿着漫画向前排同学努力推销,对方翻翻,又轻蔑地扔给她时,她的无奈。

她说到小白翻来覆去睡不着,自己和室友看影碟,却故意用外扩音,对着剧中奸角,指桑骂槐:"太像某人了!"

"每个人都会遇到一段孤立的时光。有时,你被孤立,有时,你参与排挤。

被孤立的滋味不好受,孤立别人也未必能终生无悔。

其实,过些日子,你就会发现,当初孤立的原因大多是个笑话,根本不值一提。而在孤立中,你所造成的伤害,你心里激发的恶,最终让你无法挽回,无颜面对。"

年轻的目光齐齐地望向她,孙丽的目光左左右右,来来回回。

这些年来她养成一个习惯,说话时顾及每个角落、每个人,她觉得这是礼貌、尊重和教养。如同如今的她作为决策者、判断者,不会因同情偏向谁,却总用是否拥有基本的"善""不忍"衡量新一辈。

恋爱无所不在，我们在恋爱中学会和人相处，和人分别。

少女的爱情课

夏绿蒂十五岁，在台湾地区读国中。

新学期伊始，她共接到三次表白，分别来自学长张、同学李、邻校篮球前锋孙。其中，孙和李还是好朋友。

夏绿蒂有些迷茫，他们各有所长。

学长张相貌帅气，同学李成绩优异，前锋孙更不用说了，在球场，他是王，投三分球时所有女生都会尖叫。

选择谁，放弃谁，夏绿蒂陷入人生第一次因感情带来的苦恼中。

妈妈约她逛街了。

妈妈好久没和她一起逛街了。

夏绿蒂心事重重，本不想去，但最近零花钱被限制，在这个爱美的年纪，她需要妈妈的经济支持。

一家家店，逛啊逛。

小憩、闲聊天，妈妈忽然问："夏绿蒂，你为什么心不在焉？"

没有更合适的人可以商量，夏绿蒂便将事情和盘托出："现在，我该如何选择？"

妈妈沉吟："谁都不选，等一等。"

妈妈的理由是：无论是谁，向你一次表白就能成功，都不会把你当金枝玉叶。再说，女生是有身价和口碑的。"都拒绝，谁都得不到，慢慢地，你周围的人就会知道夏绿蒂很难追，要用心追，好好珍惜。"

夏绿蒂将信将疑，她试着做，令人惊讶的是，被拒绝的三位似乎越挫越勇，攻势愈来愈烈，鲜花、糖果、月夜下的吉他、电台点歌作告白……一时间，夏绿蒂成为整所学校的焦点。同学们热议的是，她为什么这么难追？再过段时间，大家习以为常，哦，夏绿蒂是女神。

夏绿蒂最终选择了同学李。

因为他最有诚意，也因为他给夏绿蒂的帮助最大。辅导她功课，陪她温习，她病了，主动上门讲解试卷，还带着巧克力……每次考试发榜时，他总是第一，做他的女朋友，夏绿蒂觉得好温馨、好荣耀。

然而，暑假来临，李却没有最初那么殷勤了。通电话时，他冷冷的；见面时，夏绿蒂提起最近喜欢看的漫画、爱玩的游戏，李将眼神中的诧异直接用语言表达："马上就要升学了，为什么你还可以这么放心地玩下去？"

妈妈听到他们的谈话，断定很快李就会向夏绿蒂谈分手。

果然，当晚李就发短信来，委婉道："我要全力以赴准备升学，最近还是少见面或不见面的好。"夏绿蒂再笨，也听出弦外之音，她第一次被人甩，震惊、震怒、痛哭流涕，她带着红肿的眼去客厅倒一杯水，撞上正等着她的妈妈。

母女俩秉烛夜谈。

"李一定觉得你不够上进，"妈妈分析，"李是个骄傲的男孩，希望身边站着一个匹配他的优秀的女孩。"

夏绿蒂颓然。

妈妈又拿来一张白纸，画一个小人，标"夏绿蒂"，画两条路，一条写着"继续做自己"，虚线往前伸，虚线分几个段落，分别写着"继续看漫画""继续打扮""继续游戏""对他无所谓"；另一条写着"改变""学习""准备升学""让他大吃一惊""挽回他的心"……

事情的解决无非就这两条路、两种结果，夏绿蒂再次将信将疑，选择了后者。

暑假剩下的时间，她都用来读书。新学期第一次考试结果揭晓，李同学很自然地站在夏绿蒂身边，放学时同行，他理夏绿蒂书包的肩带时，比之前更温柔了，他们之间像什么都没发生过。

中学生的爱情简单到妈妈用脚趾就能预测，可夏绿蒂此时对妈妈的崇拜到了出生以来的最巅峰。

当然，妈妈也预测到中学生爱情的不稳定。所以一段时间后，李又出现忽冷忽热的状态时，妈妈提醒夏绿蒂："你是不是有了情敌？"

夏绿蒂亲眼看到李和邻班的茉莉上同一辆公车而去，而李之前打发她的理由是"今晚要参加学校的补习"，夏绿蒂因为妈妈的神预测，心中已有准备，并没有太激烈的情绪，只有一个声音："现在，该怎么办？"

按妈妈的指示"先下手"，夏绿蒂于第二天就和李摊牌了。她说，她喜欢上了别的男生："对不起，谢谢你的陪伴。"李下巴快要掉了，夏绿蒂转身而去，在太阳下看到李的影子一直在，想必在目送她的背影。

"无可挽回，就别挽回，谁先提出结束，谁占上风，谁的痛苦就会少一些。"妈妈的话被夏绿蒂写在日记里，日记的标题：今天，我结束了初恋。

此后，夏绿蒂成了妈妈的信徒。

夏妈妈来大陆，和我谈完公事谈私事，这些年两岸三地跑，作为导演，获奖无数的她常觉得女儿和她的关系越来越远："我给她上爱情课，当她的爱情顾问，既是拉近距离，恢复亲子关系，更是教会她如何更好地爱，如何不受伤害。"

"爱情无非就是如何接受、如何选择、如何挽回、如何继续、如何结束……"夏妈妈笑，"恋爱无所不在，我们在恋爱中学会和人相处，和人分别……我爱她，才给她上爱情课。"

我所知道最浪漫的事，没有伤害任何人、辜负任何人，用等待、执着、坚持换来了圆满。

结婚证

一九五五年，她坐火车去兰州领结婚证。

她请的是婚假，临走，兴冲冲地在单位开了结婚证明。

男朋友复姓司马，是同系统的同事，学习时认识，和她一见钟情。

说好了，领完证，她就从徐州调到兰州，她原是铁路医院的护士，为了结婚，换个岗位，换个工种，也心甘情愿。

司马把她从火车站接回。

车马劳顿，她并不嫌累，一进门便甩着辫子，打开行李，一样一样往外摆：大红喜字剪了若干对，红绿缎子被面是谁谁谁送的礼，攒了好久买了一块表，婚礼那天，新郎正好戴……街坊邻里都倚在窗口往里看，司马和她相视而笑，一开门，好几个七八岁的孩子摔了个趔趄。

没想到，卡在司马领导那儿。

领导迟迟不开证明，两人就没法领结婚证。眼看着一天天过去，司马去问，领导递给他外调的档案，他脑子"轰"的一下，未婚妻于桂的叔父在东北做过军阀，是张作霖的把兄弟。

证明？不能开。

领导态度坚决。理由是："这是严重的政治问题，而你，一个重点培养对象，还要不要前途？"

司马说了又说，领导不为所动，他打算缓一缓，再去做工作，可她的归期已近。"红男绿女。"她笑着说，打包背走了绿被子，留下了红被子。

喜字贴在窗上，虽然没有婚礼；墙是新刷的，白；水瓶、痰盂，一水儿红。司马在家里转了几转，眼见留她不住，便往她的包里装喜糖："回去散。"

家里人都以为他们领了结婚证。

他们也以为只是时间问题。

可下一个假期，下下个假期，她去了又去，都没等到那一纸证明，再下个假期，她没买车票，没去兰州，在黑夜里蒙着被子闷声哭，被母亲发现。了解完缘由，母亲也哭了："桂啊，算了吧。"

算了吧。

好在她年轻、漂亮，换个地方还能从头再来。她去了西安，经人介绍，遇到后来的丈夫。做了断的信寄向兰州，司马没回信，隔几天，人出现在徐州，她家门口，司马对她母亲喃喃："我已经调动工作，新单位开证明的是我哥们。只要再等等，我们就能领证……"

几十年间，他们只见过一次面。

那是本系统的劳模表彰大会，他在，她也在。

都是中年人了，坐在同一排，一如多年前一起学习时。他想和她说说话，但中间隔着几个人。她上台领奖，齐耳短发，神采奕奕，他在下

· 143 ·

面看着她，想起从前她跑到兰州只为和他领结婚证，她弯着腰从大包里掏喜字、掏被面，辫子甩啊甩……而那时一开门摔趔趄的孩子们也到了婚娶的年纪。

还有一次，他们擦肩而过。

这时，他也调到了西安，做了被服厂的厂长。来领被服的各单位名单中，他发现医院的代表是"于桂"，便特地打扮了下，剪头发、刮胡子、换衬衫，等了一天，也不见她的身影——她后来说，听说主管此事的人是他，特地找人换的班。

"已然如此，何必再见？"

一九九五年，他们终于领了结婚证，在花甲时节，成为小圈子里轰动一时的新闻。

他辗转得知她的老伴去世，便寻到她家。开门时，两人都有些错愕，头发都白了，只有轮廓还在，依稀旧情在。

落座，相对。

他搓搓手，他说，他后来娶了远房表妹，有一儿一女，已相继成家。表妹因肺癌撒手人寰……这几年，一个人的苦，他清楚。

"我还能陪你十年。"他本意是去安慰她，谁知见面就变成求婚，而此刻，她沉默，沉默因为没有理由拒绝，她只踌躇："我已经老了……"

他们用了些时间说服子女，做决定。一旦决定，第二天就去民政局，排队的人中，他们显得扎眼，近四十年没说过一句话，心意却出奇一致：怕夜长梦多，当年就差这张证。

二〇〇五年，他带着结婚证走的。

他生命最后的十年和她在一起。

快不行时,他让她的女儿把她接回老家,因为不想再让她亲眼看着第二个男人走。

那段日子他们书信往来,仿佛又回到当初异地恋时,她的外孙是信使,收到信,便去医院,取笑躺在病榻上的他:"司马姥爷,你的情书来了。"

她的外孙最后代表她,参加了司马的葬礼。

他举着花圈,花圈上贴着姥姥亲笔写的挽联,落款是"老妻"。

在场的人都知道他们的故事,唏嘘间,看她的外孙拿出一对结婚证——于桂和司马的结婚证。遗体告别时,他塞到司马的衬衫口袋里:"姥姥说,当年就差这张证。"随之火化。

二〇一五年在家宴上,堂妹和我提起这件事。

堂妹夫即她的外孙,清明节将至,他们要送姥姥去给两个姥爷上坟。

我追根问底,问出当年结婚证的故事,她也在席间。她只剩稀疏白发,满额沟壑,已经听不太清,听不清周围人传说她和他的关于命运、造化、缘分的事,一个过程中没有伤害任何人,没有辜负任何人,用等待、执着、坚持换来圆满的爱情故事。

"我能写写姥姥吗?"

"她会哭的。"她的孩子们异口同声地说。

停止暗恋的唯一方式是,找到对方让你不齿的事儿。

做媒

一

孙娜第一次做媒还是八年前。

八年前,她刚辞去第一份工作:一所不错的中学的教师职位。

校长挽留她,信誓旦旦:"你以后就是当校长的料。"孙娜但笑不语。校长也只是做个姿态,他知道孙娜刚考上某著名高校的研究生,来辞职时还带着火红的录取通知书。"那么,你推荐一个合适的人接替你的位置吧。"校长往椅子上一靠。

这是他们学校的规矩,举贤不避亲,甚至欢迎双职工。有个不成文的观念在校领导中传承:只有熟人介绍来的,才可信赖,熟人和熟人、熟人的熟人,更易磨合。

孙娜推荐了她的大学同学林维维。

"我们像双生儿,无论秉性、特长,还是能力。"孙娜话短,但到位。林维维不费吹灰之力,得到面试的机会。

孙娜办完手续,林维维已正式拿到 offer,她之前的学校和现在的没法比,为表感激,她在校门口的日月明大饭店摆酒宴请孙娜,并附言:

"此去经年，苟富贵，勿相忘。"

孙娜把钥匙交给林维维，其实是交了一整个家。孙娜家人为她买了套一居室，在学校附近。家具、电器、铺的、盖的，一应俱全。"别嫌弃。"孙娜客气。林维维看着窗帘感动得说不出话，那还是她们大学时寝室里挂的，没想到细心的孙娜拿来做了纪念。

办公室的一切也是现成的。

当林维维新学期坐着孙娜的旧转椅，用着孙娜用过的电脑，在孙娜领的、还没来得及写字的笔记本上备课时，有种幻觉：她接管了孙娜的生活。

连对孙娜有好感的男人，林维维也接管了。

不过她并不知道，因为媒人就是孙娜。

一日，办公室另一角的王普京，递给林维维一个小猪盆栽，草自尼龙布中挣扎长出，林维维的心怦怦直跳，他解释："这是以前孙娜桌上的，暑假我带回去养了，现在完璧归赵。"

他转身走了，纯灰T恤衫搭在裤子上，随意又潇洒。林维维把盆栽照片发给孙娜看，孙娜过了一会儿才回："替我谢谢王普京，他是个好小伙，还单身，你不发展下？"

林维维心跳得更厉害了。

二

孙娜只是推波助澜，具体的事儿，千里之外，她哪帮得上忙。

她大部分的时间是听林维维谈王普京，谈他的好、他的帅、他的温暖、他举手投足间的范儿。终于，元旦晚会，林维维有了和王普京同台主持的机会。"他对我一直淡淡的。"林维维黯然。"你不会暗示吗？暗示不行，不能明示吗？"孙娜提醒。林维维不敢，孙娜做主："约他对台词，去门口的菱湖公园。"林维维做到了，这比孙娜强，孙娜和王普京同事时，两人都没课的情况下，常在办公室呈对角线坐着，沉默一下午。

是孙娜把话挑明的。

她回乡省亲，约了旧同事，席间有老好人何主任。

何主任以前力推孙娜和王普京成一对，弄得两个年轻人见面都讪讪的。尤其孙娜，她不是对王普京没感觉，是大志所趋，考研资料就堆在案头，课间十分钟还抓紧背几个单词——别说爱情了，亲情都拦不住她要飞的心。

所以，算是孙娜拒绝了王普京，通过何主任。

觥筹交错间，何主任关心孙娜的感情生活，孙娜不提自己，她拍拍何主任，指指林维维，耳语："我同学和王普京？"何主任心领神会，拍拍胸脯："包在我身上！"

那天，饭桌上没有王普京。

孙娜刻意的。

既然无缘，从一开始就要决绝，何况有林维维的加入。林维维和他将有各种可能性，她越发要避嫌。

事情比想象的顺利，第二年秋天，孙娜接到红色请柬。

她已进入论文阶段，无暇参加婚礼，录了段 VCR，传到现场，开场白："作为一个媒人……"何主任在下面喊："喂，怎么抢了我的台词……"哄笑一堂，笑声和新郎新娘脸上的喜气让人忘了关于他们仨三角恋的传闻。

三

婚后，林维维继续租住孙娜的一居室。

和过去不同，每月一日，租金打到孙娜卡上，落款变成王普京。

一次，孙娜和林维维视频，王普京在摄像头前一晃而过，他拎着花洒，给飘窗前的月季浇水。孙娜想问，还是不是她留下的，终究没问，她截图，放大，看见了熟悉的花盆。

王普京有个糟糕的老爸，酗酒到六亲不认。

婚后，这问题变成林维维和王普京共同的。

他们不得不攒钱买房、还贷、还债、治老人的酒精依赖、解决老一辈的婚姻矛盾。等矛盾实在无法调和，公婆离婚收场，林维维的女儿呱呱坠地，一家子陷入空前的混乱。这时，孙娜离开第二家工作单位，自主创业，没多久，和创业伙伴结为夫妻。

五年了，孙娜和王普京第一次见面。

王家举家迁到新房，孙娜也打算把一居室卖掉，全权委托林维维，其实是王普京。

签署文件，孙娜必须到场。她风尘仆仆下了高铁直奔房屋中介，就像昨天才告别般。她"Hi"一声，王普京向她挥手，示意她坐，将笔递给她，拧开了笔帽。

一切手续办完，他们和买主一起去一居室最后查看。

一度雪白的墙如今有些泛黄，但厨房的瓷砖擦得透亮，看得出住在这的小两口曾多么用心地过日子。

床还是当初孙娜留下的那张。

婚纱照已除下,留下淡淡的长方形印子。

王普京指点买主水阀、电阀、煤气阀都在哪里,他拉开写字桌的抽屉,拿出几张旧卷子:"这些都能擦玻璃!"

孙娜环着手,站在窗前,有种错觉:突然闯进一个平行空间,遇见另一个自己,一个陪她过了很久的伴侣,一种刚进入就已经熟悉的生活。

他们唯一关乎彼此的交谈在去火车站的路上。王普京执意要送。并肩坐在车上,他们谈孩子、谈林维维、谈过去的同事。孙娜简要介绍了现在的公司,王普京说:"我今年也有变动,改行教语文了,不能再教历史了,不受重视。"

好吧,这算是他生活中的巨大变化。

孙娜刚燃起的一丝惆怅,又退回去了。她当初离开中学,抛弃按部就班的世界,就是希望人生大变,变到天涯海角,变到一年年起波澜,不同的波澜。

王普京送到检票口,笑:"以后每个月一号,你就收不到我的短信了。"

火车上,孙娜做了一个梦,王普京把小猪盆栽递过来,她推却着,不住摇头。摇醒了,到了扬州。

四

一个深夜,孙娜接到林维维的电话。

林维维要离婚。孙娜裹着睡衣从卧室走向客厅,把始末听清楚:王普京出轨三次，和同一个人，今天撕破脸，"那女的"老公拿着刀找来，邻居们聚集在门口，还召了警察。

"也许是误会？"孙娜不是宽慰，是打心眼里不相信王普京会出轨。

林维维拖着哭腔："误会？不会！他自己都承认了，前两次都写了保证书，这次又，还是同事！"

王普京的同事不是林维维的，林维维早已被本市最好的中学挖走了，她是名师。

她在电话里数落王普京，痛说这些年自己的付出，如当年说他那些好，滔滔不绝。孙娜这才知道，王普京馋酒——基因问题，不上进——终因和领导的口角没成功"转行"，在家里是甩手大爷——林维维总以最好的一面示人，包括她的家庭。现在，她号啕大哭："我没法和他过了。"

尤其今天的事最难忍。

"那女的"老公先是敲门，门不开，就站在楼梯口嚷。王普京被逼得没法，开门迎战，一下被逼到拐角，被拎着领子，被用刀刃划脸。

"还敢吗？"

"不敢了。"

林维维冲过去，"那女的"老公斜着眼看她，问清她身份，轻蔑地说："看好你老公。"

他扬长而去，王普京瘫坐在地上，警察十分钟后才到，还是满腔悲愤的林维维打发走的。

孙娜知道林维维，丈夫出轨她能打落牙齿和血吞，但被人当众侮辱、戳破丢脸事，则是可忍孰不可忍。

果然，林维维几乎瞬间决定离婚、搬家。好强的她，无身边人可以倾诉，只得寻求孙娜的帮助。

但孙娜的震惊并不比她小，太晚了，她安慰林维维去睡。第二天，想起给王普京打电话。

王普京显然有点烦。

他听到孙娜的声音，柔和了点，他表示，不想离婚，也不想辞职。他解释婚外情，都是日子太沉闷、太无聊，工作是，夫妻生活也是，"总那个姿势"——太隐私让孙娜有些不快——而他和外遇对象只是"在车里亲亲抱抱"，最多"摸过她的胸"——简直让孙娜觉得猥琐了。

王普京还在喋喋不休，他有点焦急事态无法控制。

他问孙娜，林维维是不是铁了心了，他不住地"拜托你了"，像当年林维维拜托孙娜做媒时的殷勤、讨好、寄予厚望。

只是孙娜情绪波澜无暇搭理他，她口中"哼"着，脑海里浮现起那个和她坐对角线的沉默男生、举着花洒浇她的月季花的居家男人，帮她拧开笔帽、对她的房子比自己还熟的可能伴侣。他有点稀的头顶，常备着特地带回家、用来擦玻璃的旧卷子，弯腰拿卷子时，西装短裤绷得紧紧的，久坐而成的方形屁股都放大在孙娜眼前。

孙娜不得不承认，这些年她对王普京寄托了许多绮念。

她借林维维完成对自己另一种生活的测验。

她爱护他们的婚姻，甚至希望他们永远住在一居室，随时视频。可现在，她发现王普京普通、怯懦、油腻，离她心中温存、清洁的记忆太远，不适合、好恶心，做她人生的"如果不"。

这样也好，她可以像一个正常的媒人教训男主角，珍惜女主角。

当王普京道"无论如何,我们还是朋友"时,孙娜冷冰冰地威胁:"……如果不……我有最好的离婚律师的联系方式。"

稍后,她把这句话改了措辞发给林维维,像一个真正的闺密。

她与他们分道扬镳。

成年后，我终于明白：不喜欢就是不喜欢，没兴趣就是没兴趣，无论你做什么、晒什么，再多才艺、再好手艺，都不想看，隔多少年都不会变。

暗恋者始终被设限

有孙荣在，朋友们必提王蕾。

孙荣已近而立，王蕾比他小一岁，他们是中学同学，相识快十五年了。

孙荣和王蕾没谈过恋爱，要说有爱意，也只是王蕾对孙荣的。

从中学时代起，王蕾就是孙荣的小尾巴，孙荣的审美在王蕾身上尽显。比如，孙荣一段时间内喜欢红色，王蕾一段时间内就绑红色的发带，穿红色的裙子、红色的鞋，甚至连课本都包上红色的书皮；又比如，孙荣喜欢的球队是曼城，王蕾就连浴巾也带着曼城的标记，曼城胜则喜，曼城败，自己哭不说，还做好安慰孙荣的准备。

孙荣知不知道王蕾喜欢他呢？

答案是肯定的。

孙荣成年后以绅士、暖男自居，他自少年始就对女性礼让有加，不温不火，再反感也不过一句"我有点忙""稍后说"，弄得王蕾日后和异性交往一听"有点忙"就摔电话,一见短信上出现"稍后"两字,就怒回"我俩没有以后了"……

她这是被孙荣打发怕了、倦了、怂了,有十年,她或明或暗的表白、追求,孙荣愣是不接茬。

男婚女嫁。

再联系时,均拖家带口。

王蕾人在异国,算是个成功女性。

花园、洋房、大狗……

常在微博、微信发和大狗的合影,背景是宽阔的泳池,碧波荡漾。

王蕾的先生也不错,和孙荣完全不同风格,戴眼镜、有书卷气、爱背个双肩包。孙荣则外号"窦唯",喜欢闷闷地耍帅,温和时也看得出各种不合作。

现在,王蕾和孙荣在一个微信群了。

是孙荣把她拖进来的,王蕾欢快地和众人打招呼,道声迟到,再道:"何时聚一下?"

有人起哄,打趣她和孙荣,她落落大方:"'窦唯',说你呢!"

孙荣更大方:"听你的,你说啥时聚,就啥时聚。"

除了班级同学群,还有一个年级同学群,孙荣问王蕾要不要加入,王蕾表示不用了,有事他俩单聊就可以,加那么多群,何必呢?

孙荣没吭气,过一会儿,王蕾问他在干吗,他回"现在有点忙",轮到王蕾不吭气了。

细心人发现,四月二十日后,王蕾朋友圈的风格大变。

以前是晒狗、晒老公,现在主要是晒自己、晒手艺。

晒自己有多累，再累也要动感单车两小时，每天。女人要对自己有要求。她拍了一张单车的照片，又拍了小蛮腰，与镜中的自己对峙。

晒工作有多辛苦，但咖啡杯、水果茶、养颜的阿胶一应俱全，白色的耳机线弯弯绕盘在办公桌上，图注就是歌名。你更细心点会发现，那些歌多是孙荣喜欢的，或孙荣朋友圈转发的。

周末了，王蕾会做曲奇、小面包；过节了，做一大锅水煮鱼。始终相信，抓住男人的心首先要抓住他的胃，可她的老公并没出镜。

聚会提上日程。

王蕾在群里说："快定日子，我好订票、订酒店。"

有人诧异："你全家都移民了？房子也卖了？"

王蕾答："嗯。"这是应第一句。

又答："房子租出去了，我是专门回来聚会的。"

同学们齐呼感动，又起哄，让孙荣去接，"明摆着美女为你回来"。孙荣痛快地答应了——他在别人面前，一向给王蕾面子，哪怕是他不接茬的那些年。

聚会就变成大规模的事件了。

消息传到年级同学群。

"把老师们也请来？""能把娃带去吗？""去野餐？""泡温泉？"……

聚会的前会在一家烤串店召开。

有人追根溯源，问谁最先提议的，知情者均默默看向孙荣，带着暧昧的眼光。孙荣还在撸串儿，他再溯源：一日，王蕾找到他，验证消息是"多年没见"。他翻翻手机，"四月二十日"。

"孙荣，王蕾是不是还喜欢你啊？"

"哈哈哈。"笑声砸碎在碰着的啤酒杯里。

"把王蕾加进来。"

年级群要求。

"给他们我的微信吧,有事说事,我不想加那么多群。"王蕾回应。

孙荣便截图贴在年级群,他不会发名片,只是点开王蕾的头像,上边写着微信号。他没注意右上角灰色的小人,显示他对王蕾设了限:不看她的朋友圈。

年级群本来一直在互动,跟着撸串的小分队。

此刻有人沉默,有人当没看出来,有人替王蕾庆幸,捅孙荣:还好她不在,不知道。

不知道,她过去暗恋的,现在仍留情的某人,再落落大方、彬彬有礼,对她、对她的生活,不喜欢就是不喜欢,没兴趣就是没兴趣,无论她做什么、晒什么,再多才艺、再好手艺,都不想看,隔多少年都不会变。

暗恋者始终被设限。

> 往事如故人，都应让岁月风干，等时间发酵，被偶然提起，被一笑了之，被向往，被惆怅……

自此天涯不相问

一

半年前，多丽和孙阳分手，在他们初次见面的咖啡馆。

两人友好道别，孙阳的最后一句话是"依然是朋友"，多丽呢？很文艺腔地应"自此天涯不相问"，便走了，没有回头。

这桩爱情中，多丽一直处于主导地位。

很难说当初是出于寂寞，还是被孙阳打动——多丽若即若离近一年才接受孙阳，还是在她的三个室友都恋爱后。一日，孙阳约她，对着空荡荡的房间，多丽想不出拒绝的理由。他们一起晚餐，饭后在外滩散步，一对对情侣在面前飘过，多丽忽然说："孙阳，我们在一起吧！"

一去三年。

孙阳是杯温开水，实在、舒服，却永远不会让人等到沸点。

加之相貌、工作、前途等多方面的考虑，多丽提出分手，孙阳问为什么，多丽只说"感觉不对""你不是我的那杯茶"。至于她的茶是什么，孙阳这些年也问烦了，他挽回了几次，多丽不为所动，索性礼貌放手。

多丽松了一口气。没多久，她和孙阳意外见面，在一个年轻人的聚会中。

这次她和同事小蜜一起。狭路相逢，多丽两边指着，"我同事""我……一个朋友""我还有事，你们先聊"，多丽赶紧抽身。

没想到小蜜和孙阳竟看对了眼。

小蜜原和多丽关系不错，但这消息并不是小蜜宣布的。是多丽眼尖，下班时在单位门口发现孙阳的车——这也是孙阳第一次来他们单位，多丽从没把他当"MR.RIGHT"，就不想让身边人认识他更多。

多丽心里"咯噔"一下，她怕是孙阳来纠缠她——或许是那天见面惊鸿一瞥勾起了旧情？

她正忖度着，就看见小蜜花骨朵般扑了出来，孙阳拿起围巾裹住小蜜的小圆脸，两人嘻嘻哈哈、一左一右地挤进车里。

这一幕尚未给多丽太大的刺激，只让她感到惊奇——这也太快了吧？！

想到自己刚才的小人之心，多丽有些释然又有些无趣，但没多少时间分析自己的情绪了，她要赶一场重要的相亲。

二

相亲还在清唱咖啡馆——和孙阳认识及分手的那家。

多丽只认识这家，有惯性。

多丽的姨妈也来了，她介绍："原大使的儿子，原树。我们多丽。"

原树和当红多年的某主持人颇为相像，白白胖胖，戴一副金丝眼镜，发型是可着头型做的，浑然成正方形，多丽端详着就没忍住笑。姨妈咳嗽一声，继续介绍，什么"原先生青年才俊""我们多丽也是财大的高才生"。

原先生被姨妈描述得天上少有、地上全无，可多丽没感觉。尤其她发现原先生小指微微弯起作莲花状，握着小匙一遍遍在咖啡杯里画圈，再一看右耳处有个白色的点，是耳钉。多丽便有些疑心。果然，姨妈撤后，两人相对，正踌躇着说什么，有男人凑近，极娇媚地拍了一下原先生，还略带敌意地看了一眼多丽。

多丽赶紧买单，逃出门时正撞上小蜜，小蜜还围着孙阳那条咖啡色围巾呢！两人匆匆打个招呼。接下来多丽又撞上孙阳，是撞个正着，撞进怀里，多丽便着实有些委屈了：转了一圈，她并没碰到比孙阳好的，孙阳倒在她眼前给别的女孩套上围巾，那围巾还是她买的。

三

当晚，多丽忍了又忍，还是没忍住给孙阳发短信。

她没那么傻，问他和小蜜的事，她以惯有的高姿态问："整理房间，发现你的东西，什么时候过来拿？"孙阳迅速回了，提示音"滴答"响，多丽心中一动：还是以她为重吗？

孙阳回的是："明天出差，下周三回。"

多丽故意晚几分钟再作答，她悠哉悠哉走进卫生间，打开水龙头，拧一把热毛巾，敷在脸上，让毛孔平分热度。拍水、涂精华、抹面霜，她还漱了口——晚上不刷牙，只用漱口水，跟孙阳学的。

"等你。"多丽躺在床上，摁键。

这俩字充满暧昧，如秦可卿屋里的一缕甜香，含蓄、幽幽。

接着，多丽关机，她拿捏孙阳的心到了比自己还精准的地步，暧昧之后不回复、无人接听，是对他最大的撩拨。

一夜多梦，醒来却什么都不记得。

让多丽诧异的是，打开手机，却并无孙阳更多一句的讯息，哪怕"晚安"。

这多少有些无趣，但检点自己昨天的言行也没啥不妥帖，多丽甩甩头发上班去了。

小蜜在隔壁。

快递走错屋，送到多丽办公室，又连声说"不好意思"退出去。接着，隔壁屋一阵喧哗，稍后，只见小蜜切蛋糕，用小碟盛着，分发众人。

自然是孙阳。

孙阳人在飞机上，蛋糕可没落下，再看小蜜脖子上闪亮的铂金天鹅，几个姑娘围着她摆弄链子，摸摸坠子，可见也是快递送来礼物的一部分。

多丽经过时，嘴唇像微信里的一个经典表情，扭成波浪形。

四

姨妈又给多丽介绍了一个对象。

花衬衫，花样美男，每隔三分钟捋一下额前卷发。他说，如果结婚，得隐婚——他是个小有名气的作家，专为单身女性处理情感问题，偶像是某情感奶爸，理想是比"爸"强。

"我的单身身份亦重要。""亦"读重音。

多丽不置可否，往咖啡杯里加糖、加奶，花样男又说了什么，她没听清。总之是他们情感界的纠葛，什么某作家其实根本未婚，却一直指导人们处理婆媳关系，"怎能让人信服？"什么某作家结婚离婚三次，蘸着血和泪写了一部红半天的电视剧。"所以，我认为，婚姻还是要有的。"花样男十指交叉，对多丽，更对自己说。

"这么说，您是从我这里找素材来了？"

多丽没睡好，自控能力也不太灵光，心中想到就说出来了，既然说出来就只能不欢而散。

她孤单地走在大街上，初春的阳光渐露峥嵘，多丽眯起眼，摸摸眼角的细纹，她把账记在孙阳身上：三年啊，要不是把时间浪费在他那儿，该有多少机会，该能多从容选择。

可她的微博不这么写，孙阳和小蜜都是她的粉丝——群众基础是之前建立的。

她写到和小作家共进午餐，听娱乐圈，哦，不，情感圈的八卦，如何让她笑不可抑。她的微博留了个尾巴："饭罢，路过××处喷泉，忘记告诉他，这是我平生第一次被求婚处。"

求婚，自然是被孙阳求。

他求，自然是被拒了。

后悔吗？多少有些。

想挽回吗？如果不是小蜜这一出，多丽是想都不会想的——她？粉扑子脸、梨形身材……虽说有一双带笑的眼，和我比还差得远吧。

第二天，多丽办公时间做私活。

她把孙阳留在她那儿的东西都拍了照，上班时整理完图片，写图注。图注写在 Excel 表格里,表格分好几栏,时间、地点、事由——多丽把孙阳送她的东西,因为什么送,也编进表格——越是像了断,越是像撒娇,越是决绝,越是挽留。

五

下周三,很快来了。

孙阳的车又在单位门口出现。他想给小蜜一个惊喜,这个粉扑子脸女孩,一笑,眼睛会弯成好看的弧,小香梨般地滚入他怀中,那份热情是他从未经历的,他只经历过多丽。

人见人爱,车见车载。

他这么形容小蜜,车载走了他们,没留神多丽在办公楼上哀怨的一瞥。

晚上,孙阳收到多丽的邮件,竟然是表格加图片,他很吃惊。再看那些事由,听音乐会冷,在门口店铺买的披肩;去法国出差,给她带的圆圆镜片墨镜,她当时说"死难看";乐高小汽车,最浓情时他说过"给娃攒的"……当然还真有些他的东西,两件衬衫、耳机、充电宝、不知什么时候落下的钥匙串……

孙阳只觉得恍如隔世,几个月来和小蜜的轻松、舒展,让他几乎忘记那段卑微的爱情、小心翼翼的自己。他是爱过多丽,但是谁能一直、每天伺候一个公主,被公主一再拒绝,还默默祝福、守身如玉呢?

他关了电脑,不想、不理,手机响了,多丽来信:抱歉,病了,明天你没法来拿东西了。

接着,又响,是小蜜的:"看微博,你前女友的。"

多丽把 Excel 表格截图贴在微博上，附言"而今往事难重省，自此天涯不相问"。

孙阳呆了："她要干什么？"没过多久，小蜜的夺命 call 杀过来了。

"听音乐会……

"拼乐高……

"原来你的二人世界相处模式就是复制、粘贴！

"喷泉求婚也是你吧？"

她甚至把逢多丽微博必赞的某 ID 也认为是孙阳的马甲，她质问孙阳，孙阳怎么解释她也不听，孙阳烦躁地挂了电话，想想又打回去，打回去又吵起来，又挂，又打。热恋以来，他们爆发了第一场大战。

多丽竟然插缝打进来一个电话。

孙阳以为还是小蜜，声音沙哑："别闹了。"

多丽顿了一会儿，答："我病了，不记得小药箱在哪里。"

嘟嘟声提示有电话进来，孙阳不知哪来的勇气，硬下心："我给你表弟打电话，让他带你去医院。"多丽的表弟也生活在本城，是医生。嘟嘟声又响起，多丽还没有放下电话的意思，孙阳干咳一下："多丽，我们已经结束了，好吗？我在等电话。"

六

终于还是再见一面。

多丽执拗的劲儿一上来，九十头野牛也拉不回来，孙阳也觉得该说清楚，就从了，还是清唱咖啡馆。

物是人非。

孙阳有些怅然。再看多丽拎着的大包退还给他的东西，他心一软，又自嘲："人家是第二次握手，我这还第二次分手……"

两人落座，相互打量。

多丽照旧梗着脖子，像骄傲的天鹅。孙阳刚软下的心又硬了，他受够了。

孙阳的雀斑、左眉米粒大的痣、略显高原红的颊……多丽不喜欢的还是不喜欢，包括他郑重其事，一紧张就没领带还捋领子的做派，也一如既往令她反感。"一点也不大气""小家子气"，昔日腹诽今犹在，她有点懵，这几日怎么会突然对他产生兴趣的？

两人迅速交接了下。

多丽原打算也要回留在孙阳那里的东西，其实早拿得差不多了，即便有，丢了也没啥，但来之前她打算挖地三尺也要在孙阳家寻摸些残痕。但在相互打量中，她又决定不说了。

可孙阳叨叨，像鼓足勇气，像下了很大决心，将他准备的话哗啦啦往外倒。

"我会一直祝福你。

"小蜜是个好女孩。

"多丽，你也不小了……"

多丽一口浊气往上涌：这是什么情况？为什么平白无故来受这样的侮辱？好像提分手的是她而不是他吧？

她的脸红红白白，孙阳更怕控制不了局面，更哗啦啦，他竟引用多丽的话，"自此天涯不相问""我希望你能做到，我们一起做到"。

多丽一扭头，夺门而去。

孙阳在背后摇头，更确定她不是自己的 MRS.RIGHT，之前对她的那点念想、柔情如白豆腐跌在土里，不想捡起，也捡不起。

多丽在门口又撞上小蜜，没错，她在监视，她仰着小粉扑，示威式地看着多丽。多丽无法解释自己的挫败，仓皇离开。

稍后，小蜜拉着还在摇头的孙阳走了，孙阳下意识去拎多丽退给他的东西，被小蜜瞪了一眼。

那些东西，那只装满记忆的大包就这么孤零零地落在清唱咖啡馆的一角。

它本来不该自然、体面、有尊严地搁在多丽家里、孙阳心里吗？

让岁月风干，等时间发酵，被偶然提起，被一笑了之，被向往，被惆怅……

如果，如果，自分手那天起，他们真的没相问。

妈妈都是说故事的天才，包括离开。

如何说
再见

我认识乐欣时，她已经癌症晚期。

她对我说："我是个不幸的人，即将离开人世，可我又是个幸运的人，能预知自己的死期，我现在考虑最多的就是如何和我的孩子说再见。"

她是一对双胞胎的母亲。可惜孩子们并不能理解母亲的苦心，她们才三岁。

于是，乐欣告诉她们："妈妈在和细菌打仗，如果打得赢，就继续做你们的妈妈，如果打不赢，就要到天上做仙女。"

两个女儿边吃手指边问："是不是像救匹诺曹的仙女？"

妈妈说："是。"女儿们却求她："希望妈妈继续做我们的妈妈，不想妈妈做仙女。"

当妈的流了泪："也许有一天你们表现得好，妈妈就会从天上下来，到时候妈妈会变个样子。如果有一天，爸爸带着一个阿姨回家，让你们喊'妈妈'，那就是妈妈回来了，你们可不许不认。"

小朋友们拼命地点头，她们知道妈妈一定会回来，就安心地吃手指,安心地去睡觉。

当妈的松了口气,却又叹了口气。

乐欣于六个月后去世,那是二〇〇五年十二月。

她走的时候没有痛苦。

她的女儿以为她去做仙女。

我没有办法将她忘记。

十年

你该走什么路,遇见什么人,过什么样的生活,冥冥中自有天注定,所有此一时都由彼一时造就。别怕,一切焦虑、所有问题,都会在未来十年解决。

最好的十年

十年前,我最发愁两件事:找不到工作,嫁不出去。

当时,我刚升研二。生活看似开了个好头,实则步履维艰。家在外地,专业冷门,单身,在一座无根的城市,谋生、谋爱都得靠自己。

于是,我发动我认识的所有人帮我找兼职,并希望兼职最终转为正职。我教过留学生汉语,给广告公司写过文案,还在一家报社实习过……

那些身负重托的熟人通常被我寄予双重厚望——大多数周末,我都在相亲。当时我把学校附近的一家云南菜馆定为基地,没多久,服务员一见我,就含笑招呼:"还是老一套?"我一直没参透,她是说要点的菜呢,还是说我要和来者沟通的内容?

还有论文、学位英语……焦虑如皮鞭,我就是陀螺,忙得晕头转向,实际问题的解决却毫无进展。

每一个难眠的夜,我都泡在一个叫"亦舒论坛"的BBS上。在那里，我和网友们分享对亦舒作品的理解。"一个人的时间用在哪里是看得见的""只有眼睛最真"……亦舒语录如强心剂、解压阀，对那时的我影响甚大。

分享逐渐变为创作。论坛的四个版块中，有一个是"原创区"，每隔几天，我就会去那儿贴新写的文章，而后满怀忐忑和期待——写得好就会被放在首页靠前的位置，积攒的"赞"足够多，版主就会在文章标题处贴一朵花。黄色的小花让我由衷欢喜，好几次我听到它们在心中"噗"地绽放。

一日，我收到一条私信，一家图书公司的编辑要约我谈谈。我在学校的咖啡馆吸溜着蜂蜜柚子茶，听面前的瘦高男子侃侃而谈。他试图指导我，他说写作要心怀悲悯，设计情节要在情理之中、意料之外。我不住地点头。此事距我的第一本书出版还有好几年，最终不了了之，但当时我为之一振：啊，我的人生还有另一种可能。瘦高男子更让我感兴趣的是他的职业。

他解释，他的工作就是"在一堆文字中发现最好的"，然后找到作者，说服他"跟我走（合作）"。我眼前一亮：一个人写得好，我就千方百计想接近他……几乎一瞬间，我决定寻找一个出版社的实习机会，再争取把实习变成正职。

是夜，我在论坛追看一个连载，想起白天瘦高编辑的话，真希望该作者有朝一日"跟我走"。

七月下旬，在单向街书店做活动，这位我惦记十年、合作八年的作者早成老友，他在台上宣传我们的新书，我在台下走神——入职出版社后，我曾踌躇几日，最后用冒汗的手写约稿邮件："学生时代，我每天读你的文章入眠,现在我以做你的编辑为职业目标……"他回信:"从来没有人把做我的编辑当职业目标,你今天就能完成目标。"这些都是十年前的那个夜晚,我只敢想象,却无法预料的。

再说回那个论坛。

我在一条评论中,发现有个人的 IP 地址和我的一模一样,这意味着该网友和我同校,甚至有可能同楼。我们急切地相认,在楼道里把彼此的胳膊掐出了红印。

之后,网名"橘子汁"的她热情地将我的文章整理后搬回学校的 BBS。我和校内的文艺青年们接上了头,整整一年,我们坐而论道,唱歌、玩"杀人游戏",他们中的许多人至今都和我保持联系,其中包括我的丈夫。

二○○四年,我最发愁的两件事,最终都以极随意的方式解决了。

此外,我还收获了好朋友——"橘子汁"。毕业时,为纪念这场相遇,我赠她我珍藏的全套亦舒的书。

那天夜很深,我们躺在世纪馆前的大石头上,天压在胸前。"橘子汁"踌躇满志,她刚考取某部委的公务员。她说,未来十年是最好的十年,我们将清楚地看到自己上升的轨迹。从现在开始,我们是一条射线,前方有无限可能,而发射点就在此时、此刻、此地。

她已经发射出去了。

我呢?对着满天星星,我的迷茫如夏夜的雾气,无形,又无处不在。

我那时不知道,从注册、登录一个小小的论坛开始,在分享、创作、交流中我已不知不觉描绘日后的轨迹——职业、方向、圈子、家庭，皆以此为发射点。

而今，我编书，也写书，写这篇文章时，手边正放着一本亦舒的《此一时也彼一时也》，它拉我回到十年前。

我相信，你该走什么路，遇见什么人，过什么样的生活，冥冥中自有天注定，所有此一时都由彼一时造就。别怕，一切焦虑、所有问题，都会在未来十年解决。

记得当时年纪小,不觉石凉,不觉时往。

夏天夏天
悄悄过去

学生时代,我的暑假,从自制节目单开始。

早在期末考试前,我就将 A4 打印纸装订成册,封面手写"暑假课程表",第一页是"电视节目一览"。

那时,电脑拨号上网,DVD 还没普及,IPAD 要过好些年才能问世。

而我对电视的兴趣是如此浓厚,浓厚到暑假前几个星期,就会从报刊亭买回中国电视报、安徽广播电视报,把它们摊在桌上,细心研究,通过现有的节目推测未来的节目。还会趁晚饭之际,偷瞄几眼屏幕,《新闻联播》前,一些电视台会广而告之各自的"暑期大放送"——有一年,我一天连看了十二集电视剧。

及至暑假真的来临,我在当期的电视报上圈圈点点,个别地方直接画五角星。按兴趣精选,按类别搭配。最终,落实到小本子上是一份独一无二的、集全国、我家可收到的所有电视台精品节目的汇总。

《新白娘子传奇》《红楼梦》《西游记》是老三样。

《天龙八部》《倚天屠龙记》年年换新版。

《刑事侦缉档案》《一号法庭》总燃起我做白领丽人的心……

除了电视剧，旅游类的、综艺类的、谈话类的，缺一不可。多年后，当我浏览一家汇总各类团购信息的网站时，忽然想起我的小白本，想起把国际大专辩论赛和《将爱情进行到底》标注同样重量级的小白本。

除了电视节目，我还列了延伸书单。

我最喜欢的老师说，要想成为一个学识渊博的人，就一段时间内找到一个感兴趣的话题，精研它的边边角角、来龙去脉……于是，我在小白本第二页，列下"图书馆欲借书目"。它们都和我爱看的电视相关。

每周一次，我要去一趟厂里的图书馆。

管理员阿姨高颧骨，一丝不苟，从来不笑。我第一次打开小白本时，她声音冰冷："一次只能借两本。"我举着我爸我妈两个工作证，她无可奈何："那就四本。"

她穿过高大的书架，再回来时，带着《三言二拍》、金庸、亦舒、梁凤仪……它们代表着古代演义、武侠江湖、都市传奇，我总喜滋滋地把它们装在篮子里。是的，每周一次，我还有一堂体育课——从大院步行至父母的厂里，除了借书，还要去冷饮点，凭票领冰棍或汽水。

炎热的天，柏油马路。

稍一停步，我的塑料凉鞋就有被粘上、拔不起来的危险。冷饮和书装在篮子里，总拎得我手麻，直至高二我才有帮手：父母们觉得孩子们的暑假太孤单，决定让我和表弟、表妹一起过暑假。他们分享我的课程，从文化到体育。

"长姐为母。"我这么说时，自觉母仪天下。

176

我教表弟、表妹将作业均分至每天,并苦口婆心地说我的教训:某一年,玩了一个暑假,最后八月三十日和三十一日两天不眠不休,狂赶作业。"从此,发誓再不能这么狼狈。"表弟点着头。表妹唱着歌:"我怎么活得如此狼狈……"她是摇滚发烧友,炎热似火烧时,仍介绍我听《中国火》。

好了,从此,多了音乐课。

其实还有说书课。

我爱给他们讲故事,我曾花一下午的时间,为表妹动情演说琼瑶的《彩霞满天》,看她的泪光一点点从眼底泛起,溢出眼眶;表弟是武侠迷,一日,大雨滂沱,电闪雷鸣,《倚天屠龙记》恰放到六大门派围剿光明顶,电视黑屏了,他捶了几下桌子,我拿石头镇纸当惊堂木,开说(剧透)起来。

一日,徐徐晚风中,全家在阳台上吃晚饭。

我们吸溜着绿豆粥,就着咸鸭蛋,表弟谈起钓小龙虾的乐趣。他家在六安的一个镇上,镇子里多的是水沟。"要准备诱饵、自制鱼竿、网兜、塑料桶,我一个人就能管七八根鱼竿!"他自豪地说。

表妹常居西北,听说这样的游戏,大感兴趣。那天,我们聊到月上柳梢头,由蚊子赶我们进屋。第二天,勘探地形,分头准备,又过了几日,正式起钓。我们用塑料桶装小龙虾,满载而归。类似的郊游课一直持续到我大四,他们分别上大学,以至于前几天,微信群里还在热议。

"我在吃小龙虾,你们呢?"表弟已在上海。

"是自己钓的吗?"表妹也离开了西北。

"哈哈,不是,不过是自己做的。"表弟上传了一张红彤彤、火辣辣的图片。

"一吃小龙虾,就想起大姐那些年说的书,她自编的电视节目单,列的作业计划。"表妹忆当年。

我也回了:"好记性!其实直到现在,天一热,我就觉得还在放假。一放假,就还想编个课程表,将想看的、想听的安排好,和一些人一起吃饭,一起郊游……"

他们同时给我发了红包,表妹的红包上写着"夏天夏天悄悄过去啦"。

成为一个专业人士,是我认为最为颜值加分的事儿。

美人儿

一个师妹告诉我,她是颜控。

我说:"大部分人,生来相貌普通,但有些事会让普通人好看,好看得夺目。"

首先,整洁。

整洁要看细节,比如牙齿上是否有菜叶,指甲是不是捆黑边。很多姑娘穿了好久的高跟鞋,自己没发觉,但抬脚的瞬间,走她后面的人会看见她的鞋底还有一直没撕掉的价签。

整洁不止是衣着,盘发时就梳得油光水滑,披发时就剪掉开叉的枝丫;早上起来,昨晚睡蹿出来的那一缕,怎么着也要让它服帖——除了故作慵懒的那些。粉、眼影、口红,如果擦得乱七八糟,看起来很脏;睫毛膏涂得几处结块,就如同Blingbling的装饰物,不能体现美感,还不如都扔掉——它们都是你的减分项。

整洁,整体的"洁"才能达到视觉上的和谐。

其次,适合。

适合你的发型、打扮,适合你身份的谈吐,适合一个场合的问候……

去看《我的少女时代》吧，放下刘海，林真心就从丑小鸭变成白天鹅；再去对比《那些年，我们一起追的女孩》和《新神雕侠侣》吧，同一个女演员，发型的不同是她作为女神和包子的不同。

适合的打扮是从综合角度考虑的。

你的年龄、职业、你出现的地方、你对自己体重的判断。

我的一个朋友，爱穿旗袍，但每每腰部都勒得像糖葫芦——因为太紧。其实，诚实点，承认自己真实的尺码，你的诚实会回报你应有的美丽。

我在冬天的火车站，总遇到不同年龄段的女性，着黑丝、穿短裤。且不说这装扮适合哪个年龄段，有那么几次，我看到她们黑丝袜根的加黑处——短裤太短了。

雅吗？为了不雅的事值得冒险吗？

还有我的一个前同事，外号"007"，即007电影里才会出现的女郎。身材一流，一流的她想尝试不同风格。一次，她穿着全纱，上衣泡泡袖，下身喇叭裤，中间束一条亮片肚皮舞腰带的红色舞衣出现在单位。我是在食堂看到她的，当时她端着盘子，左顾右盼，正寻找座位。她是全场的焦点，但人们议论的核心是：她为什么穿成这样上班？

我们是一个文化单位，有文化的人评点："她像红灯照的仙姑！"

适合，需要不断尝试、不断回望、不断自省、不断修正，适合就是美而得体。

再说，时尚。

你不用太时髦，但绝不能过时。

柜子里几年前的衣服，除了保养得当的基本款，都该扔的扔、该捐的捐吧。别为了它属于我，今年就该宠幸它几回而强穿，你不是帝王，用不着雨露均沾。

搞清楚流行，有所选择，在多年的研究和尝试中，确定几种在你身上不会出错、只会出彩的颜色，为你加分的装饰。有的人，只要有腰带，就能穿出制服范儿，有大毛领，就像个女王。

找一张纸，列出本季你需要的单品，集中考察、解决。

清点衣柜，搭配好，并为它们拍照、备忘；关注一些时尚公众号或杂志；当然，更简单的方法是，看看你周围，同龄、同性、同层次的人，她们穿什么，你就不耻下问（或上问）："让我做些复制、粘贴？"

你要有几个闺密，好体力、好品位、直言不讳，陪你逛街，指出你的缺点，影响你、赞美你，勇于和你撞衫、出镜。

没有什么能比无 PS 的照片更让人自省了，闺密也是，它们和她们，仔细考量，都是你颜值提高的最佳保证。

现在，我们谈谈肉体本身。

有本书叫《傲慢即偏见》，作者有个观点：如果你貌不惊人，仍想让人看起来有美感，那就要拥有一把好头发，及一身的好皮肤。

至于如何达到，睡眠、作息、运动、护理、缺什么吃什么……

太多书和专家讨论，在此不一一抄写。

更重要的是瘦。

美而得体的瘦，即匀称，是瘦的最高境界。

瘦让你年龄增长，仍显得精干，瘦抑制体形上的平庸，给瘦者以体态上的轻松。

一言以蔽之，瘦代表控制力，让人自信。

我这几天的偶像是金马奖颁奖礼上一位穿黑衣的女士。

朋友圈里有人引用师太亦舒的话形容："五十岁的时候，仍是很史麦脱的，头发剪得短短，烫个漂亮的款式，穿麂皮鞋子，仍然是个瘦子，样子一点也不丢脸。"

这击中了我，我们希望更美，害怕更丑，其实就是不愿成为让自己丢脸的样子。一定要瘦。

下面，让我们抛开肉体，谈谈我真的想谈的问题，那些起初相貌普通，在我眼中瞬间变美，或者本来很美，后来简直夺目的人是通过何种手段为颜值加分的。

认真的表情。

专业的态度。

一件事上，只有 Ta 有发言权。

Ta 很专业，Ta 很敬业，Ta 乐在其中。

比如，我见过的一位女教授。

去年这个时候，我在鲁院读书，女教授来讲座。她的年纪和我母亲差不多大，即便年轻时，五官也不算精致。她穿风衣、戴眼镜，打开 PPT，温和的声音响起，这么说吧，你只要听她说五分钟，就会忘记她的不漂亮，只觉得她很美丽。

因为她的投入、对现场的掌控；她渊博的知识、引经据典、信手拈来；深刻的思想、针砭时弊、鞭辟入里。我被她迷住了。

我再看她，发觉她眉宇间有英气，眼神清澈，玩味地笑时，连鱼尾纹都写着"魅力"。

那天，很多人与她合影，女生们都不约而同地在各自空间里写：想成为她那样的女人。

后来，我才知道，她在北大的课，从来座无虚席。

又比如前段时间，我有幸与国家天文台合作一场互动。

一位世界排名前二十位的天文学家，绝对可以称之为大叔级帅哥，但他真正发光是在给我们解说星图时。

他一反之前的沉默，谈天上的星如段誉谈大理家中的茶花。他提及他的业余爱好，去世界各地徒步旅行。他说，他不会迷路，因为白天，他会看太阳，晚上他就看北极星。他伸出拳头比画着，以示通过时间确定当地的经度纬度。等他说完，我提问："天文学家毕生都在猜测，其结果不能验证，会不会绝望？"

他目光悠远，神情坚毅，回答我："探索未知、猜测、推测，包括绝望本身都是做这一行的乐趣。"

那一刻，他在我眼中，像背着石子袋的大卫雕像般有力、完美。

以及那些拥有一项高质量爱好的人。

这爱好，区别于他们在人前的既定形象，他们提及爱好时，总让身边人眼前一亮。

爱跑步的律师，号称绿手指、爱园艺的作家，业余参加绘画班、专攻工笔的全职妈妈……

爱好让他们在职场和家庭之外有另一个圈子；有更多可分享的体会而不只是谈资；为颜值加分，更为人生加分。

当然，还有幽默。

高级的幽默是高智商加高情商的体现。

一个人能让别人笑，用 Ta 的敏捷反应、乐观精神、特殊角度，而不是扮丑，Ta 长什么样，在别人的笑眼中都会加分再加分。

我想越来越好看，想年老时，仍是个不丢脸、不一样、会因一件事发光，总是被人笑眼看待的自己，你呢?

一些菜如一些人或事，是人生的基本盘、生活的基本款，我近乎强迫症似的需要，只为它/他们的存在因熟悉、因久远、因习惯给我安全感。

给我一盘鸡毛菜

小时候，我爱吃鸡毛菜。

不过那时，我妈喊它汤白菜。

她总说："这白菜多嫩，只适合做汤。"说这话时，她常倚着门，脚和脚在换鞋，手和手放下拎包、塑料袋，塑料袋里是新鲜的"汤白菜"。

解开草绳，把黄的、烂的、在水中浸渍久的叶子剔尽。

我妈不会做饭，只负责饭前准备饭后收拾。我爸下班总要晚些，等他到家，厨房里原材料已在案板上、沥干水的篮子里等待。

端上桌的，总是一大盘清炒。

"这白菜多嫩，只适合做汤。"

我妈的意思是太奢侈了，就像蕾丝本是花边，却大幅用来做裙子。每每听到这，我便连饭都倒进盘子里，星点菜汤都舍不得浪费。

最累、最需要用食物解乏时，我一定会想到它。

高考结束走出考场，烈日下，铁门打开，家长们一拥而上，认领自己的孩子。我清楚地听见有人说:"我要吃猪头肉!"我也马上报菜名,向我爸强调"清炒",并补充:"再炖个排骨,解素。"

及至成年,离开家乡,来到北京,我仍如此。

很多次加完班,去簋街夜宵,灯火通明,亮如白昼,麻小、烤鱼堆满桌,满眼是辣椒,我总会喊:"服务员,加个鸡毛菜。"

各式饭局,各色人等,有它在,我便安心。这顿饭,总有下箸处,能下箸,不想听或不想谈时,就有机会规避。

我在这个城市最好的朋友,一男一女,都是发小,认识超过二十年。

先说女的吧。

我们几乎同时来到此地,做相似的工作,一切经历如复制对方。

一次,相约晚餐,她指着鸡毛菜,疑惑地问我:"这不是汤白菜吗?我在北京一直没吃上,原来它叫'鸡毛菜'?"

我大惊,抓住她的手,不住摇晃,一再确定"汤白菜"这几个字,我原以为这是我妈专属的昵称。

这时,我们都新婚。

一人一筷,谈起各自的婆家,分属一南一北。

而我们的家乡,尴尬地处在南北之间,也就不南不北。

发小苦于风俗不一致。

我则烦恼永远吃不到一起去,比如这鸡毛菜吧,地处南方的家人菜谱里没有过,更无从谈欣赏。

我们约定,并十年来一直遵从约定:每隔一段时间就要见面,见面就点菜,点一桌子远离家人、只有我们爱吃的菜,比如鸡毛菜。这是沉默的抗争，也是消解乡愁的方式，每每盘子空了，我们那些婆婆妈妈的事与结也在闲谈中渐渐消散。

再说说男的。

我们在泡泡、QQ、MSN、微信时代，都分别取得联系又断过。

最近一次接上头，是在回老家的火车上，我们欣喜地拍打对方的肩膀，如小时候。

在餐车，他在菜单上发现鸡毛菜，并念了出来："我妈说，每次看到你妈专门去买，就知道你回来了。"

"噢，那你还爱吃猪头肉吗？"

刹那间，数年的音信杳无，成人后的各走各路，都像未发生过般，我们还是烈日下，一脸松弛与疲惫的少年，时光永远定格在那个夏天。

今天，我招待一位来自河南的客人，席间又点了道鸡毛菜。

客人是美食家，他点评：这道菜，最好清炒，油少，盛在盘子里端出来，茎与叶的颜色相近，用筷子夹，再多，也与"坨"字无关。

我笑，一些菜如一些人或事，是人生的基本盘、生活的基本款，我近乎强迫症似的需要，只为它/他们的存在因熟悉、因久远、因习惯给我安全感。

"我最爱鸡毛菜的，其实是声音，用牙磨切，会有轻微的'咯吱'声，像冬夜走在雪地里发出的声响。每每如此我便觉得，这是人和植物最美妙的融合。"我解释。

这是人和食物最美妙的融合。

在异乡的第一个家,就是你在这个城市的老家。

在北京的
老家

毕业后,租过两年房,快结婚了,终于决定买。

位置呢?在北五环外,男朋友挠挠头:"是有点远啊。"我上班在南三环。

但他眼睛放光。"是复式噢,"见我还没动心,就干脆把两手交叉放在脑后,以体态表达惬意及神往,"阳台上能看得见星星。"

我们去取钱,取双方父母汇来的首付款。

拿一个破包,灰色、帆布质。

随后,一个人背包,一个人护驾,小心翼翼地走出银行门。

其实走十分钟就能到租住的房,但太过小心用了半小时,一路上看谁都像小偷,都惦记着我们的钱。

又经历各种手续,过户那天,如临大敌,如履薄冰。等战战兢兢取过房产证,再翻黄历,择吉日搬家。

入住第一天,我兴奋得睡不着:有家了!

阳台蚊子多,我便躺在客厅落地窗前,真的去看星星。

因为是二手房,前房东的痕迹处处都在,有一个能升降的喝茶的桌子挨着落地窗。下半夜,我的头屡屡碰到桌子角,撞醒了就继续看星星。

再把户口从各自单位的集体户中转出,等领了结婚证,顺手办了新的户口本,我们看户口所在地上新的门牌号码,家的感觉更浓了。

老公不坐班,我坐。

于是我每天六点起床,换两次公交车,倒两次地铁,八点到单位。

起初数月,我都没找准节奏,经常走进办公室,一下就瘫在椅子上——还没上班就累了。而下班呢?又是晚高峰,好几次,脸贴在车窗玻璃上,扮照片。

后来,我和几个邻居拼车去地铁。

再后来,小区的黑车司机都和我熟了,我一出门,他们就和我打招呼。我的手机通讯录里存着"司机张""司机李""司机王",共计十来个姓氏。外地亲戚来京,接送、看病、出去玩,全靠他们。有一回,我爸从合肥来我这,一个人打车出去,忘了带钱,某司机大手一挥,说"下次给吧""你是那谁谁的爸爸吧……你俩长得一样"。

那次,我爸提起对我家所在的小区印象。

除了交通不便,去哪里都远,去哪里都得在车上先睡上一觉,还有无处不在的噪声。

是啊,没办法,谁让我们的房子紧挨着公交车站呢?

此外,隔壁家的吵架声、对面楼结婚的鞭炮声、马路上不断经过的混凝土搅拌车和油罐车的轰鸣声……不绝于耳。

我只能两手一摊:"谁让隔音不好呢?谁让我们是五环外呢?"

我爸对到处可见的烧烤摊也颇为震惊。

这种一只炉子、一把竹签就能起家的小生意在本小区人气颇旺。几乎每只炉子前，都蹲坐着一排密密麻麻的人，他们喝啤酒、撸串，天热光着脊梁，天冷裹着大衣。裹大衣时，除了烧烤，空气中还会多些麻辣烫的味道。

我爸唯一赞赏的是我们小区的健身风气——人民群众自发组成的竞走队伍。

每晚天蒙蒙暗，便不知从哪栋楼、哪户人家、谁开始，慢慢聚集一批人大步在小区里走，越走人越多，口号越嘹亮。渐渐地，别着小广播的、挥舞着彩带的、戴着各种计步器的也加入。大家齐心往前走，绕小区一圈又一圈，与小区中心空地的广场舞相映成趣。

我和老公也曾加入过竞走队伍。

我们甚至给几个特征明显的队友起过外号。

一位阿姨蹬球鞋，却总穿大圆摆红裙子——竞走后，她还要去跳舞。我们喊她"大裙子"。

一位年龄最小的，大概还在上小学，体型有同龄人两个大，边走边喘，我们喊他"小胖墩儿"。

一位拿着双截棍，一边走，一边挥动，嘴里念念有词。他和前后的人距离拉得很开，大概是怕伤及无辜，他的外号是"哼哼哈嘿"。

等我怀孕，才停止了这项运动。

我和同小区同怀孕的闺密小周相约，从她家走到我家，再从我家走到她家，来回数次，腆着肚子交流怀孕心得，看小区里尺把高的孩子跑来跑去，一边吮着家人不让吃偷偷买来解馋的冰棍儿，一边畅想未来。走累了，便分道扬镳，各回各家。

"走路对生孩子有用吗?"老公好奇。

"散养的鸡好下蛋。"一日,我又与小周散步回来,眼皮都没抬地回答他。

"那你们也一边走路一边从路边捡东西吃吗?"老公打趣。

"路边只有人们撸串扔掉的竹签,"我叹口气,"咱们搬家吧,我觉得这里对孩子不好"。

我举例,到处是大狗。

城里不让养大型犬,便都送到这城乡接合部。

一次我进电梯,竟无处安脚,迟疑着最终没进——除我之外,四只大狗、两个成人把电梯装得满满当当。

另一次,一条大狗经过,吠声把奔跑的孩子们吓哭,还往我的肚子上扑:"从此,没有小周,我简直不敢走路!"

到处是大车。

虽然小区内有所收敛,但一出门就要过的马路上成天车来车往,尘土飞扬。"我的孩子要上学,要去超市,要在饭店吃饭,要过多少拦路虎?"我带着哭腔了。

还有医院。

小诊所人满为患,大医院建了好几年还没建成,最近的三甲医院不堵车也要四十分钟……

住了七年后,这个最初让我感受到"家"的地方,看到星星就觉得很美很满足的地方,此刻在我眼里只有缺点。

"我必须换房!"我再次被狗追时,发短信给老公。

我还打电话和我爸商量,和小周见面时一再叨咕。我查阅各种房屋买卖中介网站,比对周边房价,向有经验的人取经,终于在孩子已会趴在窗口指着轰鸣而过的混凝土搅拌车,兴奋又含糊不清地喊"大大"时,落实了搬家的事。

辞退了本小区家政公司找来的保姆,送回邻居来做客时落在我家的餐具,网购纸箱、打包带,招呼楼下专业收破烂的上门来清理废弃物品。

"以后,你就没法随时一个人去唱卡拉OK了。"边收拾东西,老公边揶揄我。

是啊,要走了,开始念起这里的好:地大物博,物价便宜。

门口七块钱一小时的KTV,我将终生怀念。多少个空闲的日子,我一时兴起,开一间包厢,来一场个人演唱会。

以及比城里便宜一半价钱的鱼虾、早市现摘的蔬菜瓜果和等了那么多年终于开张、占地奇大的三甲医院。

搬家那天,我们放了鞭炮,相视一眼:"以后去城里,就不能这么痛快地制造噪音了。"

住了七八年的家,东西装了搬家公司好几辆车。

最后一辆发车已是傍晚,我坐在上面,经过熟悉的路,碰上熟悉的竞走队伍,看到熟悉得不能再熟悉的黑车司机们正一边打牌一边等活儿,穿过烧烤摊前弥漫的硝烟。一抬头新月一弯,在天边显着淡淡的印,星星刚刚探出头。

"从此,拉开窗帘,就能看到霓虹灯。"老公对未来生活、孩子能上学的地方充满向往。

我却有点伤感:"我永远不会忘记这儿,你的第一处房,写在户口本上的门牌号码,在这个陌生城市的第一个家,就是你在北京的老家。"

车在地铁站附近堵了一会儿,窗外混凝土搅拌车威风凛凛地发出轰鸣声,又热又累,我哭了。

一切社交软件，都是对人的监测器，只有你留心。

计步
惊心

朋友推荐我一款软件，计步用，绑定手机，通过微信发布。

此前，我已见过有关截图：谁谁谁今天成了封面人物——他走的路最多；谁谁谁出门溜达了一圈，回来高涨三千步——他用脚丈量了从家到面包房的距离。

我迫不及待地加入。

走了几天，数据却均为零，我再看说明，呵，手机型号不符。说实话，挺失落，觉得白走了。

慢着，我再看，看排行榜，看几日来熟人们的步数，忽然发现，细心点，通过它们就能推测一个人一天干了什么。

比如，单位的一对青年男女，这几天因公出差。

前天他俩步数一样，八千八百六十四步；昨天不一样，男士七百七十八步，女士一万五千五百步。

我猜：他们第一天用来处理公事，第二天各玩各的。男士嘛，大概待在房间里，顶多在宾馆周围活动。女士呢？则去四处逛了吧。我再翻她贴出的照片，果然，有景点的，有美食街的。

他们出发前，同事们都打趣：别浪费这难得的相处机会。

可现在，我几乎可以断定，他们之间没有故事。

又比如，某姐姐连续几天荣登榜首。

她头像上的照片是戴着绒帽的，和去年冬天我们见面时戴的那顶一样。当时，她伤心地对我说，她离婚了。

如今，她每天的步数超过两万。

是有新的爱人，女为悦己者容？还是将走路当作发泄，通过塑形达到塑心？

我约她见面，只见她精神抖擞。我问她："最近好吗？"她答："搬了一次家，换了一份工作，发展了许多新爱好。"

走路也是其中一种吧？

不必再问，她一定过得不错。

不知为何，她让我想起亦舒笔下的子君，一场婚姻的结束，带来脱胎换骨的改变。

我更有兴趣了。

一有空我就刷新，还选取几个重点对象观察、验证、验算，一段时间后，我公布研究结果——

一天一千步之内，一般在室内，极有可能在家里。

三千步左右，在单位。

三千至五千，有点忙，五千以上，很忙。

一万步，那是有意识地在运动，两万步，有意识地减肥。

两个人有相似的步数，而他们又认识，他们可能今天一直在一起。

一个人数天的相似时段，步数均有大幅度提高、冲刺，那是他的锻炼时间。

……

朋友圈哗然。

有人佩服:"你猜得好准,可以做特务。"

有人交流经验,她早通过步数,观察领导在做什么:"上周日,他一共走了四十八步,我想他可能病了。"周一,领导果真没来。

有人和我私聊,用幽幽的"哎"开头。

"每当他的步数不变,而夜已深,我就想,他已经睡了吧。

"是睡在他妻子身边吗?

"有想到过我吗?"

她爱上了一个有妇之夫。

有人将我的研究结果推而广之,发完短信,而对方不回,便去查他步数的变化——大变化,"看来在忙,不是不理我"。

有人一反常态,步数飞速增长,他很得意,继而委屈:"大家都问我,是不是把手机绑小狗腿上了?"

呵,这哪里是软件,这是监测器;这哪里是计步,简直步步惊心。

我不禁畅想,历史上,那几桩公案,如果有类似的软件,会是什么情状?

垓下,一片楚歌,刘邦监测着项羽和虞姬。

项羽没动。

虞姬的步数增加再增加,在某一时刻,戛然而止。刘邦刷新再刷新,从那一刻起,再没看到她有数据更新。

须臾,探子报:"虞姬舞完剑,自杀了。"

曾国藩家门口。

三位下属在路上遇见他。

一位左顾右盼，探头探脑；一位默默垂首，毕恭毕敬；一位目不斜视，沉稳安详。曾国藩对目不斜视的这位印象颇佳，他后来告知李鸿章，此人可以委以重任。

其实呢，第三位不过是监测了曾大人的散步习惯。他知道，每天这个时候，曾国藩都会在附近雷打不动地走三千步，他一定会遇到曾大人，他是有备而来。

我最想监测的是一对兄弟。

他们在一条白杨夹道的乡间路上大步行进，路两边是沟渠和村舍。

他们二十出头，一路说笑，内容可能是《一只特立独行的猪》，也可能是《沉默的大多数》。

日后，这对兄弟中的哥哥王小平，在祭奠弟弟王小波的文章中写到此次步行。"看远处狂野的浮动岚气，伴随着步伐的节奏，一道感觉的流水在心里流淌……"

如此灿烂，如此美好，我想做监测者、见证者，那一天，他们走了何止几万步。

我把以上畅想发布在朋友圈，应和者众。

有想替梅妃监测杨玉环和唐明皇的；有比拼了古往今来大英雄，最后定了封面人物是夸父的；还有计算宝玉结婚时，大观园内诸多人等步数的——"宝玉和宝钗都在一百之内，黛玉是零""荣登榜首的是王熙凤，居第二的是李纨，她俩，一个忙红事，一个忙白事"。

我抓着手机，走在街头，看这些评论，哑然失笑。

一抬头,满街人步履匆匆。

他们带着计步工具吗?

他们今天走了多少步?

和谁一起?

去了哪里?

被谁监测?

想做谁的监测者?

绝对的独处,会让人发狂。

片刻
逃离

一日,我在街头瞥见一家房屋中介,这一瞥,灵光乍现,我冲了进去。

当然,不是买房。

再失去理智,我也知道,买房需要全家人(的资金)做决定。我的灵光是租房。

是啊,租房。

什么事,比在单位附近,家之外,有间自己的小房子,更惬意呢?

我推开玻璃门时,坐在前台和房屋经纪人诉说我的要求时,盯着她在电脑上搜索关键词,浏览房源时,脑海中已绘制好美丽蓝图:这间小房子,我要用来独居——我从未独居过,在家和父母,住校和同学,结婚和老公……现在,家里常住人口是五个人。我要绝对的安静,要铺我喜欢的床单,摆我喜欢的台灯,听我喜欢的音乐,只做我喜欢的食物。

"请问您什么时候租?"房屋经纪问,她二十出头,脸上有痘。

"越快越好,不,慢点也行。"

"什么?"她用唐山口音表达迷茫,"那到底是快还是慢?"

"我就午休，"我将手往玻璃门外一挥，"我就在那栋楼上班，需要一个地方午休。"

"太奢侈了。"她面带惊讶，埋头继续搜索。

很快，经纪把目标锁定在两三处，再逐一与房主联系。我还在盘算床单什么颜色，窗帘什么图案，她已推出电动车，招呼我坐上去。

耳边生风，我抱紧经纪人的腰，她黄色的卷发在我脸上鞭挞。

坐班那几天，午休；不坐班那几天，睡觉、写稿、招待朋友。

离家出走也有个好去处了。

等时机成熟，再向家人透露，请他们来做客，但绝不留宿，绝不！

我握紧拳头，以上是我的心理活动。

经纪双脚一支："下来吧。"

我们走进一栋大楼，楼道幽深。

蹚过黑暗楼道的一半，碰倒几个罐头堆，经纪人把钥匙插进门。

眼前的房间，没有窗户，不通风；满地巧克力盒、坏插座、裸体画报。一切都让我想起贝克汉姆和辣妹拍过的那组野店写真，也让我想起大约十年前，刚毕业时找房的情景。

我摇摇头就走。

"怎么？"经纪人跟在我身后，"你反正只要午休。"

我没法和她解释清楚，我想要的是一处文艺的所在、干净的所在、理想的所在，而这里只能让我重温北漂的开头。

下一处。

有前面的做对比，这窗明几净的一室一厅一厨一卫简直是为我量身定制的，我当场拍板："就它了！"

接下来,水、电、有线电视、无线网络、卡、证、经办人联络方式一一交到我手里,当锁匠完成换锁任务,房子就正式属于我了。

门一关,我躺在大床上,惬意了一分钟。就一分钟,我又翻身起来,掏出手机上网,开始我庞大的购物计划。

简言之,我要和喜欢的一切在一起。

桌子、桌布。

花瓶、音箱。

各种灯、床上用品、锅碗瓢盆。

……

之后的几天,我不停地收快递、拆包裹,一小时下楼无数次——扔垃圾。

我还把办公室里的书运过来,塞满书架;又去超市拎回瓜果蛋糕,填满冰箱;衣橱里挂上新买的家居服;我甚至添置了一面落地镜子。

"以后买什么、买多少,再没人指手画脚了!"我对着镜子得意地笑。

除了得意,对这间房子,我付出十二分用心。

最集中的表现是,我不能忍受它每个角落的污垢。我趴在地上用铁丝球擦,我踩着凳子对着瓷砖抹,我还清洗了洗衣机,刷了马桶。而这些,在我有老有小有保姆的家分工明确,家务,我疏于练习已多年。

我的午休时间全砸在这房子里了。

下水道堵了,我要找物业;路由器坏了,我要通知网络公司;电需要亲自买;煤气打不着火,还不知道找谁修……

一个星期后,我发现工作、家之外,以我的精力想再支起一个"外室",真是没法过了。

别笑话,我开始想家了。

虽然我每天从家出发,回到家。

我还想帮我处理问题的家人,虽然我一直想躲开他们,寻个清静,但常年分工明确,生活中,我只会我负责的环节,其他根本无从应对。我开始疯狂思念天天见面的他们了。

而绝对的清静,也让我烦躁。

当我把淡蓝色细纹桌布铺好,花瓶里插上花,用纯白瓷碗盛了一碗银耳莲子羹,旁边放一本文艺小说,并播放温柔乐曲,一切都像我最初想象的完美,我却发现不停劳动、布置的我已经累了,没心情品味这份清静。

而刹那间,我又想起了张爱玲,我一激灵:我还没让我的家人知道我有这么个秘密所在,那么,我死我生,都没有人知道。张爱玲的晚年独居生活,怕不就是如此吧,够文艺,也够孤独。

我有点害怕了。

最后一件网购的商品到货。

那是一个长有两米的靠枕,枕套由灰色和红色的布拼接,绘有星星图案。我把它放在床头处,与同色系的床单、被套一起,接受春日阳光的凝视。

我再退后几步,站在门口,端详整间卧室的全貌,真是个理想的房间啊,但游戏也真该结束了。

之前,我只能用一扇门隔开一地鸡毛的世界。

我一心追求从未有过的、一个人的生活,一手打造了这清静处。但现在离开孩子咚咚咚的脚步、客厅的叽叽喳喳、厨房的煎炒烹炸，我又不踏实了。这不踏实包括桌上的那碗银耳莲子羹，因没人分享，也变得寡淡无味，到现在我还一口没动呢。

我假托有变故，找房东结束了合约。

能搬走的，搬走；搬不走的，留在那房子里，抵做违约金。

做完这一切，我回家的脚步特别轻快。

晚上哄完孩子睡觉，我走进书房，拧开小灯，看书、写稿，心分外平静。

因为我发现，人一旦适应了群居就很难独居，如人生进入新阶段，就很难退回过去的阶段，而通过离群索居达到的静，远不如在踏实的闹中得到的小憩般的静。

第二天，我处理完杂务，如常去咖啡馆坐了会儿，到点儿我就离开。这是最无负担的、文艺的所在，干净的所在，是我能接受的对琐碎生活的片刻逃离。

都市人向往乡村，向往的是反差，是逃离。这种向往包括随时能走，回到生活的正轨，过他习惯的，做他擅长的。

我向往的乡村生活

我的乡村生活经验乏善可陈，最近一次，是和同事们去山村农家乐住了一宿。

我在一家出版社工作，单位的印制小伙儿家住北京郊县，他是他们村唯一一个大学生。他说，他毕业的小学想和我们做一次联谊。

我们的队伍浩浩荡荡，人不多，三个小巴却装满了——除了人，都是书。山路弯弯绕，几波几折终于到了目的地，我们和小学生座谈，积极回答他们无所不及的问题。每人捧一摞书送到对应的孩子手里，拥抱、系红领巾、合影，大伙儿都很高兴。

车开进印制小伙儿家里。

农家乐是他父母的副业，主业当然是务农。

门冲着山，院子露一片天。主人很热情，将我们分别带到四合院的东西南北房里，我把简单行李放在炕上，对着花布寝具，觉得哪儿都新鲜。

土鸡蛋黄得朴实、真诚。

板栗生吃原来也很香甜。

大灶下烧的是柴，这边火旺，那边印制小伙儿也没闲着，他在院子正中央，双手捧着自制的烧烤工具——两层铁丝网里盛着羊腿，在炭火上时而翻，时而转，很快香气四溢。

空气清新，气温比城里凉，顺着梯子能爬上平房的顶。

入夜，平日坐格子间的同事们躺在凉床上、倚在竹椅上，围着院中小花坛闲话……

熟悉的人变了姿势、换了场景、更新了话题，因反差，显得不真实又有趣。

不知怎么，我就睡着了。

醒来，窗外大亮，枕边人一个也无，他们都去爬山了。

犬吠，回来的人进门，手中都捧着野花——

一切都让我想起大四时在同学左左家的情形。

左左家在安徽青阳。

当年我们一行四人，随她去九华山玩。

坐了很久的车，中途还换过船，出了青阳车站，左左在路边电话亭给家里挂电话。又坐了个把小时蹦蹦车，下车，左左指着一大片菜地、鱼塘后一排排样式相同的房子："烟囱冒烟的就是我家。"

乡村的路看着近，走着远。

有自然溪水绕着畦畦青菜，环绕整个村落，小鱼儿在其中清晰游动。

左左的一声"妈"宣告旅途的终结，而左妈妈已准备好晚餐，地里现摘的辣椒、年下腌的腊肉、亲自挖的笋……我们中有人看见外面种着小白菜。左妈妈连声说:"那怎么能上桌?"她的意思是招待贵客不能用贱菜。

我们要给家人报平安,饭后由左左带我们去打电话。她领着我们深一脚浅一脚地踩着泥泞的小道——傍晚下了一场雨。拐又拐,纵几道,横几道,敲开她一个远方亲戚的门。"谢谢三奶奶刚才通知我妈……"左左向亲戚称谢。

等我们再深一脚浅一脚回来,几双手不禁紧紧拉着,天太黑了,没有路灯,全凭左左的经验前行。

好在不久星星便露了头,我们在左左家楼顶铺了几床草席,躺着,我羡慕地对她说:"你家真大,在这里看星星,真辽阔。"

这些都是美好的经历。

我的两次乡村生活常被我挂在嘴边,但一日,一位女友突发奇想,约我一起在农村买地、盖房,老了后去安家,却被我拒绝了。

女友惊讶,她勾勒美好前景——猫狗成对,鸡鸭成群,再喂几口猪。"你内心深处一定有个桃花源……"她想说服我。我只问她:"去乡村,我们能做什么?"

"第一,没有社交。

"我们能和村里的老乡客气、热络、相互问好,但和没有共同经历的人无法谈心。朋友如你我,也许可以同去,但只有彼此,顶多再多几人。要知道在城市,我们不断发展新朋友,拾得新趣味,随便找间咖啡馆,和一群相似的陌生人坐在一起不发一言,也觉得是种沟通。

"第二,没有百货大楼。

"都市女性都是'买买买'动物。首先,要买;其次,买回来要晒。

乡村一没有买大堆东西的地方，二没晒大堆东西的对象，我们会觉得生活无趣。

"同理，各式餐厅、电影院、游乐场所对我们的重要性，和百货大楼一样。

"第三，没有想要的精神生活。

"虽说网络已经普及，电话也不像过去，全村仅有几部。但各种活动呢？讲座、沙龙、展览、音乐会？书可以带着走，可总不能带着一座图书馆走……

"当然，最重要的是第四，没有能做的事。

"比如我，怕狗，不喜欢收拾，尤其动物粪便，不会做猪食。还有，文艺青年，自己养大的，哪怕是猪，看到它死，都会心碎、会哭。

"我们会做的、擅长的，是PPT、报告、方案、组织、策划、执行。做这些时，我们会意识到自己的优秀。去做农活？只会意识到自己的平凡。"

女友不服气，过些日子，她邀请我去她的农家小院——她最终没买，只是租，在这度周末。

竟然颇像样了。

南瓜、丝瓜、葡萄架，绿纱糊在木窗上，玉兰、桂花、凌霄、素心梅……满园皆是。"我这儿，一年四季有花赏，一年四季有花尝，"女友得意，"比如桂花，可以做桂花酒，可以做桂花糯米藕。"

我打断她："都是你自己种和料理吗？"

"当然不，我雇附近的老乡照顾，他们比我专业、比我有经验，"她手一划拉，"这一片小院都如此，城里人租地，也租配套服务。"

我靠在躺椅上,闻着花香,向她表达羡慕。她摇着扇子笑:"不是说,你不喜欢乡村生活吗?"

"纯粹、职业的乡村生活不是不好,只是不适合我。大观园里,亭台楼阁,极尽奢华,偏要有一处稻香村作耕织状,那是城市动物的娱乐。我向往在乡村有一门亲戚,我能随时去看他,感受反差,感受逃离;也随时能走,回到我生活的正轨,过我习惯的,做我擅长的。"

"我就像你要的亲戚,我像找了一门这样的亲戚……"女友喃喃。

我仰望夜空,发自肺腑,像之前的每一次:"在这里看星星,真辽阔。"

他们都很忙吧？还会扯着柳条听音乐、对着湖水谈心事吗？

从前的
公园

从前，爱逛公园。

那时我还是少年。家离学校远，中午只能在附近的机关食堂吃饭。午休时，我便和同学去公园。

离学校近的有银河公园，远的有包河公园——包河是包公的家，莲叶何田田，据说连藕都沾了包公的正气，无"丝"。还有一口井，快千年了，井绳在井沿处勒出的印儿像从石头壁上硬生生抠走几根胡萝卜。

我们不经常去包河公园，因为银河公园免费。

散步，或在树荫下聊天。男生们爱蹲在小土坡上一根烟传一圈，一人一口；我们女生则执手相望，讨论着各自手中的言情小说。人来人往，却不喧嚣，间或有卖糖葫芦、麻辣烫的小贩们吆喝，兜里有几块钱的某"小款"会大方地喊："今天，我请客！"

我在本班同学外的交际自银河公园始，三毛、琼瑶、岑凯伦也是在银河公园交换闲书时初识。那时，如果某堂课没带课本，这可是显示交际手段的好时机，我趴在任何一个班的窗口冲里面摆手，都自会有熟人含笑飞奔出来。"带历史/物理/数学书没？"我问。不一会儿，书就送到了我的面前。

更别说，在校园里走，总有年级比我高的学长和我打招呼。每每这时，只是彼此一点头、抿嘴一笑，都足以让我在同班同学那儿神气活现。

在银河公园，我最喜欢占地理位置最高的小亭子，居其中可俯瞰全局。每年五月、十月，是合肥最好的季节。这时梅雨季不再，酷热或严寒都还没到来。从小亭子往下望，只见阳光均匀地洒在水波上，泛着粼粼的光。微风拂过，花香、树香、略带腥气的水的味道充斥鼻端。

有人扯着柳条，一旁还站着他/她的爱侣，这些我们称之为"社会上的人"的青年男女，代表着外面的世界、长大后的世界。我们窃笑着，屏息看他们进一步行动，拉手、拥抱……再进一步，便不约而同遮住眼。

当然，眼神够好的话，还能看清楚公园里每个角落有无相熟的人。于是，好事者、八卦者、爱慕者纷纷发出喟叹，并将喟叹广为传播：

"谁谁谁和谁谁谁被发现在银河散步了！"

"谁谁谁和谁谁谁竟然并肩坐在银河的靠椅上！"

"谁谁谁是校花吧？她在银河公园的水边，坐在树下听随身听，美得像画。"

我最好的朋友是我的同桌，她就住在银河公园旁边。毕业后，我每天写一封信给她，事无巨细地向她汇报，一个月见一次面，地点就在银河公园。

学习任务重，一日，她说，她并没有时间每天读我的长信。

210

我也不恼。"见面胜过读信！"我按住她要拆信的手，再事无巨细对着她说一遍。当时，我们靠着椅背，临着银河公园最大的水域，我们在心里品味着彼此的小秘密，沉吟着该给对方一个怎样的回答。一旁钓鱼的老翁扯线了，"哇！又是一大条！"引起艳羡一片。

同桌留学日本前，把我所有的信还给我，她说，这是我的日记。包信的是她的枕头套，湖蓝色，漾着银河公园里水波似的纹，我很感激。

多年后，同桌在北京转机，来看我。饭后，我们在附近的青年湖公园溜达。

我们走我每天午休走的路线，看我每天看的那些人——他们快步竞走着，如果不是我每天见，真的会以为他们只是穿过公园去下一个目的地。

荷叶已经连成片，水只在叶与叶的缝隙中露出一线。

桥、亭、靠椅是每个公园的标配，但分明健身器材那儿集中的人更多，有人在单杠上玩出花儿。眼前健步如飞的、闲庭信步的、奔跑的、趁着孙子孙女上学上幼儿园，抓紧时间出来锻炼的……

还有就是没有穿着校服、十几岁的中学生扎堆儿出现。

他们都很忙吧？他们试过扯着柳条听音乐、对着湖水谈心事吗？

他们闲时在电影院、卡拉OK，或是各式娱乐场所，哪儿有时间、心情逛公园。

"有时候，我路过这片水。"我指着面前最大的水域，"风吹过，有点腥，风景相近，味道相似，我总想起银河公园，总想起从前。"

我们在最甜美的年华相遇，因一件事团结一心，看着它从无到有，慢慢变好，在其中感受激情、努力、认真、协作，经眼友爱，然后，青春散场。

此去经年，《千千阙歌》，也抵不上那晚的绝唱。

千千阙歌唱罢，
青春散场

十六年前的春晚，红了《相约九八》。

寒假过后回学校，毫不夸张地说，拖着箱子走一路，处处都能听到"心相约，心相约"的歌声。

没多久，开会，开"浪淘沙"晚会的策划会。

毫无悬念，《相约九八》被定为压轴歌，在全系范围内公开选角，我推荐了舍友老三。

老三的声音空灵、清冽。

她最爱唱王菲的歌，每晚，我们都枕着她的歌声入睡。

公开选拔日，"演员""评委"们聚在阶梯教室。

两年一次的"浪淘沙"是历史系的大事。"挑战'五月花'，赛过'同心圆'！"团支书动员道。"五月花""同心圆"分别是中文系、数学系的晚会。

老三一亮嗓子，全场就静了，随之是经久不息的掌声。

得到同样待遇的还有大四的李岳，她的声音沙哑些，文艺部长当场决定："你俩，一个王菲，一个那英！"

接下来，是筛选各班送上来的节目，有的还只是创意。

大小合唱、小品、相声、舞蹈……

人在安庆，黄梅戏一定要有；此外，时装表演，推陈出新——"时装"都用报纸糊；诗朗诵《四月的纪念》，"二十二岁，我爬出青春的沼泽，像一把伤痕累累的六弦琴……"朗诵者满脸青春痘，伤确实不少，我和老三相视而笑。

节目定完，文艺部的同志们留下来开小会。

找排练场地、请老师、买道具、借演出服，合唱要落实到每个班出多少人……

各人领命，散时，繁星满天。

从此，每日晚饭后，大家便去歌舞升平。

我盯第一分队，在教一：

一一〇一，李岳、老三练歌。

一一〇二，开场舞《好日子》。

一一〇三，曲艺专场：两组小品。

老三不矮，李岳太高，为达到视觉的平衡，李岳吩咐："去，买双十厘米以上的高跟鞋！"老三哭丧着脸，她打篮球出身，只会穿球鞋。

一遍遍练习，一开始不是这个起高了，就是那个忘词了。后来便总是笑场，终于默契，竟有创新：李岳唱"相约在甜美的春风里，相约在那永远的青春年华"，老三便做辅声"来吧，来吧"，第二回合反之。唱到第三十个晚上,简直完美,隔壁的曲艺、舞蹈同仁闻声而来,挤在门口纷纷鼓掌。

那天,我们一起去吃夜宵,在学校旁边的宿松饭店满当当坐了两桌。

已是四月,我穿了件毛线裙,胸口堆着绒花,老三还是球衣,李岳吓唬她:"上台那天,你要露!"说着,便用指甲划老三的脖子、后背:"这里,这里……"

席间有一明一暗两对情侣。九七本的王凝及其男友是明,他们分别是《好日子》的男女领舞;九四本的周仪和九五专的孙琴是暗,这次演小品,大家都说,那层薄纸即将捅破。

啤酒喝了一瓶又一瓶,李岳忽然说:"这是我最后一次参加'浪淘沙'了。"

周仪接茬,话题转向就业、实习,我压低声音和老三讨论:"等我们毕业了,每月一定能拿六百多块吧?"

节目越来越像样,我们又开了几次会,逐一解决音效、化妆、主持人的问题。

走两次台,最后一次是带妆彩排。

彩排前,老三拎着长裙摆,踩高跷一样蹬着高跟鞋,围着寝室长桌先练了几圈。

正式演出那天,王凝的脚崴了,带着伤跳完《好日子》,她的男友举着她下台,她单手呈迎客松状,观众们还以为是特意设计的。

黄梅戏《打猪草》很受欢迎,因为所有人都会唱。时装表演结束,文艺部长擦把汗,他总怕报纸被姑娘们不小心捅破。

周仪演一个失足少年,孙琴演老师,最后,周仪给孙琴跪下了,台下,有人起哄:"求婚吧!"

当然,最引人注目的还是《相约九八》。

散开马尾,戴上花冠,穿白纱裙的老三宛若仙子。

李岳也很美,盘着头发,扬着下巴,像一只骄傲的黑天鹅。

"相约在甜美的春风里,相约在那永远的青春年华。"

"来吧,来吧。"

观众们鼓掌鼓得要疯了,最后,全体起立,口哨频起,要求返场。

只好返场。

没有准备合唱的歌曲,只能一人一首独唱。

老三还是唱王菲,轮到李岳,她站在台中央:"再过二十多天,我就要离开师院,谢谢大家听我唱最后一首歌。"

一首未经彩排的歌。

"徐徐回望

曾属于彼此的晚上"

没想到她唱得那么好,好到原本沸腾的观众安安静静。

"来日纵是千千阙歌

飘于远方我路上

来日纵是千千晚星

亮过今晚月亮

都比不去这宵美丽

亦绝不可使我更欣赏

啊……因你今晚伴我唱。"

柔黄的光自舞台顶部射下，射落在李岳的身上。

唱罢，她深深鞠了一躬，头也不回，潇洒离去。

幕后人员迎向她、祝贺她，而她抱住老三，妆哭花了。

我一直站在红色幕布旁，这时，气球、彩带在半空飞舞，主持人宣布，晚会到此结束。

"特费劲排练，苦口婆心动员同学参加……"

"芝麻大点的事儿都认真得不行。"

"干什么都有激情，脚崴了，还要坚持跳。"

十多年后在北京，校友聚会，我遇到王凝，她在一所高校，已是副教授。

我们交换了所知故人的下落：李岳在深圳，老三在合肥，都成了名师，孙琴和周仪最终结婚，至于我们，均是娃他妈。

稍后，去KTV，王凝点歌，光看歌单，师弟、师妹们就笑："太老了。"

是啊，太老，都快进入二〇一四，竟然还唱《相约九八》。

很自然，歌声里，我说起"浪淘沙"，那时我们光是扎堆，就很快乐。

王凝是麦霸：

"来日纵是千千阙歌

飘于远方我路上

来日纵是千千晚星

亮过今晚月亮

都比不去这宵美丽

亦绝不可使我更欣赏

啊……因你今晚伴我唱。"

  她的粤语不标准，但胜在投入，感染得四周人都默默。如那个六月的夜，沸腾的舞台忽然安静。

  繁星满天。

  四月的毛线裙，排练后，沁着薄汗。

  摆放着黄色斑驳桌椅的阶梯教室，一抬头，窗外一壁爬山虎。

  还有站在舞台中央鞠躬、谢幕的李岳。

  我终于明白，她为什么哭花了妆，我为什么念念不忘——

  我们在最甜美的年华相遇，因一件事团结一心，看着它从无到有，慢慢变好，在其中感受激情、努力、认真、协作，经眼友爱，然后，青春散场。

  真的，此去经年，听过《千千阙歌》，也抵不上那晚的绝唱。

那日走了好远的路，灰头土脸直起腰，防护网震在眼前如现实中高不可攀的一切随时都会倒下压碎我的感觉，让我决定，即便不好，也要接受，这是我在这个城市生活的底。

记一次远行

二〇〇五年上半年，时间都花在找工作上。

起初是参加学校内的招聘，各种宣讲，但几乎和我的专业无关。

我学历史，本校历史见长，尤其清史全国第一，可你不继续往上读一个硕士，又是女生，又是外地人，很难找到对口的工作。

一日，我在宿舍接到电话，对方说，明天，你来面试吧。他给我地址和时间，上午十点。

我提前做了准备——上网查如何去，穿上正装，又打印了一份简历，用透明软塑料皮的文件夹装着。

看样子很远，本校在海淀，而面试的地方在丰台，那时地铁也不方便，要转好几辆车，其中一辆是"9"字开头的长途公交。

第二天一早我就出发了。

阳光自薄雾中慢慢沁出，穿跨栏背心的男生们在跑道上奔跑。有人在诸子百家亭念英语，"实事求是"大石头后的草地刚洒过水，第一拨去食堂的人已端着饭盒回宿舍了。

出学校东门,走几十米,在公交车站干等。

十五分钟后,车来了,人不多,但也没座。到公主坟,换另一辆车,这时已是早高峰,我被人潮裹上车,脸贴着车窗,身体像一张照片。又是四十分钟,下车,对着手中的小纸条找要转的车次、所在的车站。在戴红袖章的大妈的指点下,我跳上那辆"9"字开头的车,坐在软又高的座位上,心定了:它将带我驶向终点。

窗外的景色渐渐荒凉。

我睡着了,醒时,听售票员报站:"世界花卉公园到了!"呼啦啦下去一拨人,我旁顾左右,只剩下不多的几个乘客。

再往前开,是驾校,路两边尘土飞扬。

接着在土路上颠簸,又在柏油路上前进,高大、笔直的白桦树不断后退……终于,到站。

三个小时。

眼前一片混乱。摩托车"嘟嘟嘟"一辆接一辆,好几个"蹦蹦"司机聚在我面前问:"去哪儿?"成都小吃等草根连锁店屋檐低垂着排成排,装修散工们蹲在路边,他们带着铝合金门窗、油漆桶和刷子。

我后悔穿了白衬衫、一字裙,因为不习惯,更觉窄、紧,高跟鞋从车站走向目的地显然有些吃力。一块大牌子上写着我面试学校的校名,等挨近了才发现正门上还搭着脚手架。一个穿制服的工作人员路过,我冲他喊:"我来面试的,请问怎么走?"电钻声中,戴着口罩的他向我比画,我又绕学校的围墙走了一段,看见一个小门。

从小门钻出来,灰头土脸的我忙着抖衣服、甩头发,正打算找张面巾纸擦鞋，一抬头，双膝都软了——

我从没见过那么高的防护网，门神般站着，铁丝隔成的菱形格如一双双眼，距我几十米，俯视我，凌厉如庙里的天王。

过了好一会儿，我才能平息内心的震荡。在炙热的阳光下，我眯着眼打量防护网内的操场以及操场那头的办公区。

一步步穿行在空荡荡的操场上，我能感觉到在那些菱形的眼里，我是一个渺小的点。

等到终于站在面试的两层楼前，我竟莫名其妙哭了——

许多年后，我才能解释当时的委屈：现实从离开校园兜兜转转被人潮裹上车在车厢被压成相片时就一点点粉碎着我的骄傲，几个小时前我还是芳草地边漫步的女孩，这一刻却已在乱哄哄的荒郊野外谋生存，谋我不喜欢也未必能得到的一份工作，以后，也全要靠自己吧？

接待我的人让我等一下，留我在一间会议室，还给我倒了杯水。

等待的每分每秒我都有拂袖而去的冲动、离开这个城市的冲动、我不停地问自己：这就是你想要的吗？

戴金丝边眼镜的男士推门进来，无意义的追问自动停止，我弹起来，绽开一个社会化的笑。

很快，我接到录取通知。

这是一家挂靠知名高校的培训机构，因为所在的地儿无处消费，又包吃住，收入看起来不错，但一个月放假两天，平时不许进城。"你能接受吗？"男士问。其实我不满意，但我忙不迭地点头：那日走了好远的路，灰头土脸直起腰，防护网震在眼前如现实中高不可攀的一切随时都会倒下压碎我的感觉，让我决定，即便不好，也要接受，这是我在这个城市生活的底。

几日后,三方协议快递到学校,我请朋友们吃了饭。

同班的林同学在报社实习留下了,他信誓旦旦:"你不能进城,我就去看你。"

国际关系学院的张同学去了央视,孙同学考上妇联;也有人选择离开,中文系的李同学杀到某公司最后一面被刷下来,像蝼蚁,没有安全感,他回了沈阳。

那些都是过去的事了。

我以为我都忘记了,我后来在北京再没去过那么远的地方。毕业前一个月,我忙着毁约、赔偿、签新约,一家出版社给我 offer,这显然比在荒郊野外被圈养更适合我。

只是去年在驾校学车,道路两旁尘土飞扬,太阳晒得人无处躲藏,卖凉皮、盒饭的小贩没精打采守在校门口,此情此景似曾相识。我这才想起,我一度以为我会在类似环境常驻,那是我第一次意识到理想和现实的反差、在一个城市白手起家的难度、漂泊感和其他。

我坐在驾校的台阶上,等着教练叫,心里却记挂着在平行空间,每天穿着白衬衫、一字裙,一个月只能出来两天,连防护网都怕,却发誓再苦也要在异乡熬下来的姑娘,她,现在好吗?

是这样的急不可耐，希望你喜欢，喜欢我今天发现的新鲜物，也许小，也许微不足道，但只要我认为好，就千方百计想带给你看。

微不足道的爱

有一年十二月，天已经黑了，我和同学说笑着走到岳西路口。

正为去吃羊肉串还是烤山芋而踌躇，这时，我听到熟悉的声音喊我的名字。

我爸从自行车上跳下来，他说：" 嗨！看我今天新拿来的台历。"

我正忐忑他会责怪我放学路上磨磨蹭蹭，他已从自行车前筐取出台历："多好啊！放在你的写字台上！"

我们站在包子铺门口，蒸汽中，灯光也显得湿漉漉。

我一时不明白我爸为什么要在此时此地给我看台历，莫名其妙接过来，莫名其妙翻着——确实是本好台历，纸张、印刷、贴心配套的便笺纸都好，更重要的是，二十四张台历纸是二十四幅仕女图，如荷花荷叶簇拥着的那位，一定是李清照，图注是：兴尽晚回舟，误入藕花深处。

密密匝匝紧挨着的小店铺，各种灯箱照得一条路如白昼。

我爸兴冲冲地看着我，我想说"拿回家欣赏也不晚吧"却没敢说。

可同学还在一旁等着我呢，她看起来很无辜，于是，我把台历还给我爸："爸，你先骑车回家吧！"

爸爸似乎有些扫兴，很快他消失在夜色中。而天色实在太晚了，我们也没时间为吃喝踌躇，加快脚步，紧随其后。

这事儿已过去十八年之久。

今天，同事给了我一包瓜子仁。

火柴盒大小的一包里有几十粒，包装袋上写着"酱牛肉味"。我撕开一角，塞一粒进嘴中，舌尖绽开一朵松脆的花。

我马上转身，走回同事的桌前："请再给我一包，我要带给我儿子。"同事未婚，嘻嘻哈哈，笑话我言必称娃。

下班，回家。

摸钥匙时，摸到装瓜子仁的小包，我竟满心雀跃——

我儿子得多爱吃啊！

我最了解他的口味。

第一次加辅食，尝到蛋黄的味道，他眼睛直了：世上还有这么好吃的东西！

第一次吃冰淇淋，他先是吓一跳，而后咂巴咂巴嘴，伸手又要。

第一口蛋糕、鸡翅、排骨……

莫不如是。

渐渐地，他还会用叹词，有手势，比如今晚，我塞一粒裹着金粉的瓜子仁进他的小嘴里，他一定会拍着巴掌，喊："哇！"

六层楼梯，一百二十阶。

他的趣怪样如帧帧照片在我脑海中自动播放，想得我眯眯笑，想起有一年我爸从背后叫住我,给我看一本好台历。

就是这样的傍晚,就是这样的兴冲冲。

是这样的急不可耐,希望你喜欢,喜欢我今天发现的新鲜物,也许小,也许微不足道,但只要我认为好,就千方百计想带给你看。

我忽然明白了。

真想穿越回屋檐低垂、飘着烤鸭香、眼前一片包子蒸汽的小街,给我爸一个惊喜的"哇"。一如现在,我幻想,推开家门,扑过来的娃也会以此相报。

> 奔波时怨奔波,后来才知道,最可怕的是没处奔波。

怕的是
无处奔波

小时候,去姥姥家过年是一件大事。

姥姥家在安徽寿县的一个小镇上,汽车只到邻近的"马头集",剩下的三十里地都要靠步行。

据说,我一岁多第一次去姥姥家过年时,下了车,我爸带着借来的扁担,前面挑着行李,后面挑着我,我被装在一只桶里。他一边走,一边跟两手空空的妈妈瞎贫:"这位大姐,能多给点钱吗?您看东西这么重,我又这么卖力……"竟有路人帮腔:"是啊,大过年的,都不容易!"妈妈说起这个段子,总哈哈大笑。

我真正有记忆,已上小学四年级了。

那年冬天不太冷,路上没有冰。腊月二十九一早,天还没亮,我就被叫起。爸爸妈妈拎着大包小包,甚至带了一辆自行车。我们在路边站着,直至厂里的司机郑刚叔叔开着东风大卡车出现。

驾驶室离地面好远。

天还是黑的,出合肥市区是小蜀山,车灯闪烁,一座座碑阴森森地排着队,小坟包此起彼伏如波浪线。爸爸一支接一支地给郑刚叔叔递烟，还陪他说话，我很快睡去，又很快在烟雾缭绕中呛醒。

"就送你们到这啦！"至六安汽车站，郑刚叔叔把我们放下。

我想吃车站旁大排档的胡辣汤，被妈妈打了手："脏！"她打开随身的包，拿出早就准备好的粢饭。

然后就是等，等六安去寿县的车。

车很少，也没有固定的点，买了票，一遍遍去窗口问什么时候发车。"快了，快了"，答案千篇一律，车呢？却遥遥无期。

午饭还是粢饭，坐在车站候车室红漆斑驳的木椅上，每个人都在做两件事：一边挥手赶苍蝇，一边打发一拨拨的乞丐。下午一点，忽然广播提示去寿县的旅客做准备，呼啦啦，人群扑向车站停车场指定的那辆车，爸爸和司机说了半天，终于，自行车不用绑在车顶，放在我们座位旁的过道上。

我的脚边是"咯咯"叫的母鸡，很快排出粪便。

可怕的是它还有可能啄我的脚，心惊胆战，又在局促空间不停躲闪，我竟吓得没敢睡，而困意在下车后袭来。这时，我才知道自行车的用处。"我带着行李在后面走，你妈骑车带你先行。"爸爸解释。

比小蜀山、母鸡还让人感到恐惧的是我妈的车技。

让他们自信的理由是这三十里地不通车，撞也撞不到哪儿去。但他们忘记了一路上坑坑洼洼坡连坡，有几个坡挨着，谷底如窝，而车马劳顿又起得早，我已困得不行。没多久，爸爸妈妈又会师了。爸爸从后往前走，在路上捡到我。在剧烈的上下坡中，正睡着的我从车上摔下来，跌落某个"谷底"，醒后旁顾左右，大哭；而妈妈骑着骑着觉得身轻如燕，往回一看，魂飞魄散，孩子没了！也大哭着往回找。

226

有惊无险，但为避免闹剧重演，妈妈推着自行车，我坐在后座，一家三口往姥姥家前进。

天又黑了。"还好今年没下雪，路上没有冰。"他们在路上喃喃。

"等以后通了车……"他们开始畅想未来。

"我就希望能一车到，哪怕从早坐到晚。"这是妈妈的终极梦想。

"要是干脆不用回来……把你娘接到合肥。"爸爸另有思路。

"还有几站？"这时，我对距离的测算还以公交车的"站"为单位。

"就一站了！"他俩异口同声。"为什么这一站这么长？"

路口，有人拿着手电筒，是二姨。

我们看清彼此后欢呼起来，二姨一把拽过行李，有些嗔怪："我从下午四点就在这看了！"

小路绕小路，巷子拐巷子，在一扇门前停住，二姨边拍边喊："合肥的，回来了！"门打开，许多人站起来，都是亲戚，他们说着带侉音的土话，热情招呼我们，姥姥在正中间笑着。

"今年去哪儿过年？"电话中，我明知故问——七月，姥姥去世了，我以为他们再也不会去寿县。

"还回你姥姥家。"妈妈的话让我大吃一惊，她解释，姥姥跟二姨一辈子，每年春节大家都回去，多热闹。今年不能老人刚走，就让二姨伤心再加寒心。

"反正方便，开车两小时就到。"这话让我瞬间想起二十五年前她的终极梦想，我提醒她，捎带提起小蜀山、母鸡、摔在谷底的春运往事。

"以前过年真是奔波，现在才知道最可怕的是没处奔波，"妈妈叹口气，又强调一遍，"今年还回寿县。"

每个人心里都有这样一条路吧，你闭着眼都能摸清楚它的每一个门牌，它是你的前半生。

岳西路往事

一九九五年夏天，我家搬到岳西路。

老房和新房距离不过千米，但新房多一间卧室，阳台很大，凭栏远眺，能很清楚地看见大蜀山。

那年，我高二。

每天，天麻麻亮，我便出发。出小区，路过动力机械厂宿舍区，在一排早点铺中挑一家，有时我喝一碗"淮南牛肉粉丝汤"，有时来一份糍糕或锅贴或米饺。我的钱装在一个六十四开塑料笔记本的壳里，打着饱嗝掏钱时，我总四处看看，怕别人发现我藏钱的地方。

接着再走。往前走数百米，拐一个大弯到公交车站。

其实有近路，但要冒险——车站边的农机校挨着岳西路，其中，操场旁那堵高高的墙，翻过去就是我们小区。只有在最紧急时，我才出此下策：脱了鞋，扔到墙那边，用脚趾尖勾着砖缝，一块块蹬上去……墙头是关键，我要坐在上面歇一会儿才能下定决心纵身一跳，运气好，落在草地上，运气不好，光脚或膝盖碰上小石子、玻璃碴，那痛感真是没齿难忘。

放学时，通常夕阳晚照。

下了八路车，我会犹豫会儿，从大路还是小路回家。

大路即是来时路，有个良辰商厦，开业时由名人剪彩，时间充裕可以逛逛。

大路还会遇到许多熟人，我的小学同学集中在这条路上，他们分属于种子公司、帆布厂、红旗厂家属区。我如果在车站遇到他们中的一个，就义无反顾选择大路。

小路是良辰商厦后面的土路，那是一个广义的菜市场。上世纪八十年代，这条小路被卖菜的小贩开辟、占领。若有机动车驶过，尘土飞扬中，菜贩们便尖叫着端着各种装菜的容器往后撤。我在那儿有过血的教训，小学一年级，我被一辆大卡车轧断过腿，号叫声响彻云霄，急救车直接将我送到附近的一〇五医院。

小路的好在于花样多：除了菜，还有租书摊、麻辣烫流动车。每逢周末，我必选择小路，席绢、于晴、岑凯伦配着撒着火红粒状物的年糕、素鸡、羊肉串，被我抓在手里，背在背上。

无论大路小路都在尽头向左拐进入岳西路，我妈投资的门面房是岳西路东侧第三间，路过时，我总带着房东女儿的骄矜审视那家包子铺的生意。"三毛钱一个，两块钱七个！"老板娘，不，房客不知疲倦地喊着。

还有第三条路抵达岳西路。

我和同学峰偶尔从学校散步回家，路过田野、荷塘、小山包，再顺着铁轨走，在枕木和枕木间跨大步。一次，忽然下起小雨，峰从荷塘摘了两片大荷叶，我们顶在头上，荷叶清香，泥土芬芳。

那天，正赶上下班晚高峰。

自岳西路口涌进一大片着蓝色工装的人，他们在雨中小跑着，如一条蓝色的、流动的河。

峰很震惊，这是他第一次见识千人大厂的规模，我充满自豪，手一指："看，那间烤鸭店，我们厂的二食堂，也对外营业；那栋像庙一样的建筑，四层楼，铺着琉璃瓦，金碧辉煌，是幼儿园，我就是那儿毕业的……"我最后指了指路对面一排排高大的厂房——我爸妈所在的某三线厂。

多年后，峰仍津津乐道于我们小区给他的最初印象："到处是庄稼。"

他指的是，新小区很多楼还没盖好，住户们纷纷在空地上种菜。"你那时告诉我，你妈让你去菜市买把小白菜，你没去，从楼下菜地撸了两把，用一块石头压着五块钱，回家交了差。"

我哈哈大笑。

说这话时，已过了十几年，峰在岳西路一家火锅店请我吃饭，我打车去的，临走也没闹清方位，没搞清吃饭的地儿离我过去的家有多远。

"这一片都拆了，重建了。"峰有些唏嘘，我也唏嘘，良辰商厦、庙一样的幼儿园、烤鸭店、大路、小路都不见了，连那个千人大厂也散了，一排排厂房听说一度易手于一家著名的瓜子厂。

"不过，你常年在外，也没感觉吧。"峰往火锅里加小白菜。

我沉默了会儿："我和我父母冷战过半年，他们没跟我打招呼，二〇〇六年把岳西路的房子卖了，我说，我的前半生都没了——我闭着眼都能摸清楚岳西路的每个门牌。"

你不是我的故乡,离开你,却觉得背井离乡。

每个人都有一个第二故乡

几个星期前,我参加完一个饭局,走出饭店,迎面撞上一轮满月。

我在心里默默计算了下日子,这天,是我的阴历生日。默默计算的,还有一个数字,我在这个城市看过的满月数。

我来北京整整十四年了,很快,要搬去上海。

算完月亮,借着酒意,我哭了。我发现我甚至不记得在别的什么地方有过印象深刻的月圆之夜,北京已成为我的第二故乡,是我的一部分。

一

我在北京的第一站是人大。

二〇〇三年,我来北京读研。

在此之前,我本科毕业,在家乡工作过两年。北京是我主动选择的结果,是我在嘈杂的办公室,越过如山的文案,从窗户往外望,最向往的远方。

非典前面试,秋天入学。

入学第二天就是中秋节，我所在的清史研究所甚至给新生们发了月饼，短暂的联欢后，我和同学们拎着月饼，在校园闲逛。

教学楼满壁的爬山虎、图书馆前旖旎的樱花树、操场上年轻的荷尔蒙……

雀跃、新鲜。

我们在体育馆附近，找到一块大石头，表面平滑，接地处有苔痕，毛茸茸的。

把月饼放在膝上，人坐在石头上，看又大又圆的月亮。远处有吉他声，不知是哪位男孩弹给哪位女孩听。

毕业前的最后一个月圆，我和最好的朋友也躺在这石头上。

我们从黄昏聊到夜深，看天从湖蓝变成墨蓝。

后来，酒意渐浓，不知不觉睡着了。醒来，天像丝绒般可亲，星星压迫面孔，四周虫鸣，裙角被露水打湿，裸露在外的皮肤有些凉。

那真是美好的回忆。

二

两年后，男朋友说服我，一定要买北五环的房子，花了很多口舌。

他从性价比到面积到我们能承受的经济压力，摆事实、讲道理。

可我觉得路远，交通不便，各种打岔。

直至他使出撒手锏——

"阳台有二十平方米噢，我们可以做成玻璃房，在玻璃房里看月亮。"

他神往的样子，让我妥协。

我们就在这房子里结了婚,它成为我在北京的第一个家。

迁入新居的那天,按老公老家的风俗,我拿着一把裹着红布的扫把,像一个神气活现的女巫,进了门。

清理、整顿、添置,让家变得像家。

我们真的做了玻璃房,买了烤架,请同事、朋友来家里暖房。

炭熏黑了脸,但自己亲手穿的肉串、鸡翅、鱿鱼味道极好。月亮又大又圆,啤酒瓶靠墙角摆成一排,酒至半酣,有人站起来,一把抄过立式台灯的架子,跳起了钢管舞。

我的孩子也是在那个家出生的。

二〇一三年春节,他半岁,在玻璃房看屋外漫天烟花,兴奋地嗷嗷叫。

他会说话时,我教他背诗,"云破月来花弄影",给他说貂蝉拜月的故事。一天,我发现他跪在窗户边,双手合十,学貂蝉,对藏在云间的月亮说:"求求你,快出来吧。"

三

我在北京换过好几份工作,但一直围着朝阳门、安定门、东直门转。

光华路、长安街、东四大街、朝阳门内外大街,是我最熟悉的北京。

我闭着眼,在脑海里,都能排出这几处每一栋著名的建筑,它们每一次改头换面,我都历历在目。

还记得刚工作时,招待客户。

一桌子，只有我是新人，手脚都不知道往哪里搁。很紧张，怕说错话，喝了酒就更怕。于是，趁上洗手间的时候，我用手抠喉咙，把酒吐出来，以保持清醒。

那天，在簋街，灯笼红成汪洋。

二月的满月，冷峻、遥远，挂在树梢，我拿手机拍，发现只能拍出一个光点。

在安定门附近上班时，我每天中午都去地坛遛弯。

秋天是地坛最美的季节，满园银杏，满目金黄，鸽子都分外热情，会跳到你脚边，主动找你喂食。

有一年秋天，一日通宵加班，我在办公室待到清晨才离开。路过地坛西门，公园还没开门，金黄的树丫把眼前的天分割成几块，太阳和月亮在交班，月亮浅得像扣子在粉堆上留下的圆印。

四

我带着酒意，在上一个满月夜，在新一岁的晚上，坐车回家。

车窗外，灯光流淌，朦胧中，我看每一个路人，都像我。

他们行色匆匆，表情各异。

他们背着包，拿着手机，取款、付账、买东西；抬头看天，经过草地，被路边雕像吸引了注意力；被喷泉弄湿，想拍满月，却只拍成光点；他们吆五喝六，狂欢聚会；他们抱着文件，喊着"让让让让"冲向地铁。

他们中有学生，有孕妇，有人到中年，有在咖啡厅用肢体语言表示信或不信，有在挥手告别，有在门口迎接，有在谦虚地说"哪里，哪里"，有在问候"幸会，幸会"。

他们都是我，分裂的、在北京的、不同时态的我，像过客的我。

我原以为我会在这座城市终老，但没想到缘分有始终。虽然在心里准备了好几个月，但真的要离开时仍满怀愁绪。

都说月是故乡明，可我想以后有满月夜，我只会想到它。

这城市到处是成长的痕迹，随手拈起一个意象都能串起我的、我们的青春。

十点多了，长安街还在堵。

北京，你不是我的故乡，离开你，却觉得背井离乡。

这句话忽然蹦出，像标语横在眼前。我掏出手机，记在备忘录上，窗外的光点真大，就着它，我写下这首歌，为北京，为每个成年人都有的第二故乡：

> 你是我青春的远方
>
> 你是我后来的故乡
>
> 你是我的流浪所
>
> 你是我的安全港
>
> 你是我度过的三千个日夜
>
> 你是我看过的一百轮满月
>
> 你是地坛银杏铺面黄
>
> 你是百花深处静默巷
>
> 你是雍和岸边两堤柳
>
> 你是故宫雪晴回到北平

你是圆明园夏天

小船挤过荷花叶子下的波

你是从七九八到芳草地巡回展览的兽像

你是二锅头

你是羊蝎子

你是甜面酱

你是茴香

你是五环外的星光

你是CBD蓝色的玻璃窗

你是每间咖啡厅的每个下午

耳边飘过的

几个亿

你是每列地铁的每节车厢

捧着书读的姑娘

你不是故乡

离开你

却觉得背井离乡

你是我青春的远方

你是我远方的青春

再见，北京。

小天使被人间的父母挑回来，慢慢长大，也变成父母，再去天上挑小天使做孩子。他们变老，特别老，就再回到天上，过一段时间再变成天使，等待人间的父母来挑。

小天使

一

两年前的一天，我打了辆专车，从北京去香河。

一个朋友是香河马拉松的主办者之一，应他邀请，我带着全家去赛场为他捧场。

堵，烈日炎炎。

坐在后排，依偎在我身边的孩子越来越不舒服。他说，想吐，看来是晕车了。为引开他的注意力，我便给他讲故事。

故事从他问我第一千零一遍的问题开始。

这大概也是每个孩子都问过父母一千零一遍的问题："我从哪里来？"

堵在高架桥上，我抱着满脸通红的他说：

"洛洛啊，你知道吗？有一天，爸爸妈妈想要一个孩子，爸爸就把种子放在妈妈身体里，然后我们手拉手睡着了。梦里，我们飞到天上，遇见一个仙女,仙女对我们招手。她说,想要孩子吗?跟她去挑一个小天使吧。"

洛洛听入神了。

我发挥想象,尽情勾勒在天上遇见小天使们的情景:

"游乐园里,许多小天使在玩耍。他们你追我,我追你。终于,我和爸爸在滑滑梯旁发现一个小天使,他有点馋,嘴角还有一粒面包渣,一笑眼就眯起来……"

洛洛知道我说的是他,眼已经眯起来。

坐在副驾驶座的爸爸忽然转过头,加入创作:"还跑得特别快,我抓都抓不住。"

那天,这个故事我讲了五遍。

后面的情节包括我和爸爸如何一眼挑中他、下定决心要他,仙女如何苦劝我们再想想、再挑挑,都被我们严词拒绝。

听了五遍,洛洛睡着了。

醒来,他问我,什么时候发现他就是那个小天使。

车已进香河界内,我看着窗外:

"梦醒后的第九个月,我生下了你。爸爸见你第一眼就惊呆了,冲我喊:'天啊,这不就是我们在天上挑的小天使吗?'"

前排的爸爸解开安全带,准备下车,再次回头,表示肯定:"对!"

二

半年后的一天,因为洛洛不听话,我情绪失控,把他推出门。我说,我不想做你妈妈了。

他的反应出乎我意料。

他愤怒地质问我:"我在天上做小天使做得好好的,是你把我挑回来的,现在不想要我了?"

一时间,我惊诧得忘了生气。

惊诧他还记得,而我已经忘了。

可既然故事已在他心里生根发芽,他坚信他是小天使,我能做的就是帮他坚定这种坚信,我立马说:"对不起,我再也不说让你走了。"

此后出现过,他笑眯眯对着夜空发呆,问他在干什么,他反问我:"就是那架滑滑梯吗?"他指着一弯新月:"是你和爸爸发现我的滑滑梯吗?"

还出现过,看星云图时,我解释什么是仙琴座,什么是巨蟹座,他畅想着:"我在天上做小天使的时候,就弹过这个琴,和这个小螃蟹玩过。"

甚至,我们在京郊度假,清晰地见到银河的那一夜,洛洛脱口而出的也是:"啊!我做小天使时,一定在这条河边洗过脚。"

总之,当他坚信自己是小天使,一切都变得有梦幻色彩,他像玩拼图一样,拿想象补全前史,发生的一切都以天使为逻辑存在。

故事就这么自己长出来了。

三

然而,孩子并不满足于知道"前",还关心着如何"后"。

洛洛第一关心的是,如果他是天使,他的翅膀后来去哪了?

我的解释是藏起来了,怕他飞走。爸爸的解释是:"藏起来了,但等你能飞、想飞了,我就陪你飞"。

呵,这也是爸爸和妈妈的区别吧。

然而,问题又来了:"究竟藏到哪里去了?"

一段时间内,只要洛洛单独待在房间,就翻箱倒柜。他还问同学:"你找到你的翅膀了吗?"

我是在春运途中,终于找到合适的答案:

"为什么每年爸爸妈妈要带你回老家?因为你的翅膀一只藏在妈妈的老家安徽黄山的山洞里。一只藏在爸爸的老家福建武夷山的山洞里。我们回老家,是翅膀在默默引领着我们回去看它。"

然而,还有比翅膀更难解决的问题,即生死——

"天使在做天使之前,是什么?

"你和爸爸以前也是天使吗?

"如果我是天使,我以后想要孩子,也要去天上挑天使吗?"

洛洛的问题追着问题。

于是,我编织了一个轮回:"小天使被人间的父母挑回来,慢慢长大,也变成父母,再去天上挑小天使做孩子。他们变老,特别老,就再回到天上,过一段时间再变成天使,等待人间的父母来挑。"

天知道,编织的过程有多复杂。

用网络文学的话来说,我几乎打造了一个世界观。

天知道,孩子的衍生能力有多奇妙。

当一个清晨,我醒来发现洛洛睁大眼睛,显然醒得更早,并显得很忧虑,我问他:"你在想什么?"

他回答:"如果你和爸爸回到天上,我还在地上,我们是不是见不着了?"

我说:"也许见不着,也许有一天,我和爸爸又到地上,又需要去天上挑小天使,可能还会遇见你,但我们都变样了,不一定认识对方,可能会错过。"

他就这么忧虑了一天,直到晚上放学回来,搂着我脖子,说他想出办法了——

那天,洛洛说:"妈妈,我不是总把'走'说成'抖'吗?等你和爸爸再去挑小天使时,我们都变样了,我就坐在滑滑梯旁,谁来挑我我都不走,你们一喊'抖',我就知道我的爸爸妈妈来了,我就跟你们回家。"

他因想出办法,眼睛又笑得眯起来。

而我哭了,我想是时候写这个故事了。

一个自然生长出来的故事,一个偶然开头,孩子却让它发芽开花结果的故事。

一个真正由天使赐给我的故事,我只是记录者。

精力特别充沛,内心诗意满满,必须用歌声来表达,爱与别离,就在不经意间发生。当时共我同吟人,现在都还好吗?

麦乐迪往事

学校附近有间 KTV,藏在一栋楼的四层,用闪光的牌子在路边标记"麦乐迪"。

我和同学的日常是这样,白天各忙各的,下午五点,从城市的各个角落发出消息——

去哪里吃饭?都有哪些人?吃完饭干吗?

是去诸子百家亭玩杀人游戏呢?还是去避风塘打牌?或者去麦乐迪唱歌?

……

通常的选择是,所有戏码都上演,吃完饭,"杀人";"杀"完人,打牌;打完牌,去麦乐迪。

这是二〇〇五年,我研究生毕业前最后几个月。

工作基本搞定,论文基本落实,好朋友们在各自单位实习,只有考公务员的那几位,焦灼地等待最后的回音。

每个人的情况,自 KTV 点的歌中,就能看出。

大文九月才上班,他签了山东一所高校,将做老师。

轻松、惬意的他,总唱一些诙谐的歌,比如"梨山有个姑娘,叫啊叫娜答",他总把"娜答"发音为"邋遢"。他一边唱,一边举着话筒,话筒抖啊抖,眼神飘啊飘,飘向包厢里的各位女士,意思是我们都很邋遢。

他还练中气,练浑厚的发音。据说,开学他就要给大一新生上公共课,那可是一百二十人的大教室噢,去山东高校,应聘试讲的那次,他意识到此时没有麦克风,将永远没有。

于是,"滚滚长江东逝水,浪花淘尽英雄",《三国演义》的主题曲,成为大文的保留曲目。一次,累了,发音困难,他就蹲在包厢的门口唱。

小林是大文在 CS 战队的战友,留京,去了家报社。

他对未来有种理想主义的浪漫,这在他总是点一排许巍的歌中得以体现。

《蓝莲花》《曾经的你》《像风一样自由》……几乎每首歌都在谈论理想及怎么实现的大问题。

我最喜欢听他唱那句"走在勇往直前的路上",以及那首歌过门处的"Dililidililidenda"。他总是毫不放松,每个字母都陶醉而认真地吟吐。

大文和小林在一起,还常合唱 Beyond 的歌。《谁伴我闯荡》被他俩用蹩脚的粤语唱得荡气回肠,明明是和平年代,你却能闻到一丝上世纪九十年代港片中黑社会兄弟们打打杀杀的气味。

与他们相对,另一组女声二重唱是静静和小双,她俩最喜欢合唱陶晶莹的《太委屈》。

大伙儿都知道,静静的《太委屈》是唱给大文听的,拉着小双不过是障眼法。大文在家乡有女朋友,但一直没说,直至静静向他表白。

"太委屈,还爱着你,你却把别人拥在怀里……"

静静嗓门大,音域宽,她是河北人,小时候练过河北梆子,她一喊"太委屈",就把小双小猫似的细嗓淹没了。大文就拔脚去卫生间,可静静没有放过他,好几次装作忘记关门,让歌声飘向走廊,让大文无处躲藏,直至侍者走过来,礼貌地让我们注意影响。

那时的麦乐迪,真是学生的天堂。

一排戴着眼镜,坐着等位的纯爷们,一定是北理工的;一水儿大长腿,像模特般站着的,一定是军艺的;鼻子高高,睫毛像扇子,眼睛恰到好处凹进去,具少数民族风情的,果真是民族大学的。

敝校盛产文艺女青年。

我最爱唱邓丽君,有时等位的时候,就跟着大厅的屏幕哼起来。

但我最拿手的还是韩宝仪的《粉红色的回忆》,甜得发腻,腻得所有人都印象深刻。临近毕业,小林已被训练熟练,戳屏幕将许巍和Beyond排列组合时,常顺手帮我点上,同款还有《甜蜜蜜》《夜来香》《女儿情》。

一些日子后,我和小林在老家亲戚为主的KTV聚会上,试了把《死了都要爱》,小林的妹妹问我:"嫂子,你是怎么把这首歌唱出邓丽君的味儿的?"

敝校当然也盛产文艺男青年。

老唐是我们固定的六人局中最年长的。他之前工作过四五年,再来读研,此刻进入某部委的公务员三试。他在麦乐迪第一百遍唱起《隐形的翅膀》时,有泪光闪现,他刚通过复试、即将入学的新师妹,也是他青梅竹马的妻子,则带着泪光站起来鼓掌。

二〇一一年,我们集体参加了这位师妹的葬礼。她博士论文答辩完,就因妇科的一种癌症撒手人寰,已是"唐处"的老唐在葬礼上哭得像个泪人,背景音乐就是这首《隐形的翅膀》。

而我还记得,老唐第一次带妻子出现在我们面前时,就是在麦乐迪的包厢里。老唐对我们摆手,说:"我老婆一点啤酒都不能喝,就吃点爆米花吧。"

那天是周末,我们清晨方从麦乐迪离开,走回人大,临近校门,太阳正好出来。

大文去山东,静静回河北。

好脾气的小双进了慈善组织,我和小林卖文为生。

老唐忙得脚不沾地。

Beyond、许巍。

娜答、邋遢。

太委屈的粉红色的回忆。

忧伤的隐形的翅膀。

扔学位帽的晚上,我们合唱了《那些花儿》,相约,在北京,只要人齐就要常聚。

但一段时间后,我们还是渐渐地散了。

只是,我路过魏公村那家麦乐迪时,路过这城市任何一家麦乐迪时,出差去别的城市路过任何一家麦乐迪时,都会想起那段青春往事。

精力特别充沛，内心诗意满满，必须用歌声来表达，爱与别离，就在不经意间发生。

当时共我同吟人，现在都还好吗？

一些人如果多花点心思，在特定场合只做符合角色的行动，就不会还没出场，就已出局。

还没出场，就已出局

我在一家健身房锻炼，已经半年多。

给我上课的教练姓刘，我们保持着一周两三次的见面频率，合作愉快。

一天上完课，刘教练抱歉地对我说："对不起，我被调到新开的分店做经理，以后不能教你了，你的课将由新教练小杨接任，我带你去见他。"

我接受了刘教练的安排，跟着他走向健身房的另一端。

另一端是一间拳击房，房间正中央竖着拳击所用的各种器材，房间的一角，一位高大、头发凌乱的男生在墙边半靠半躺着。他用胳膊支撑着身体，两条腿自然伸着，大敞大开，两只拳套、一双鞋随意摆放在脚边，歪歪扭扭，袜子揉皱了，塞在鞋里。

显然，他打拳累了，沉浸在自己的小世界里，看见我们进来，仍无动于衷。

"Hi，小杨，这是特特姐，以后就由你带了。"刘教练为我们彼此介绍。

小杨回过神，拨拨额前的乱发，对我们点点头，但没有起身的意思。刘教练暗示，直至明示，他快走几步，冲到小杨面前，拍了小杨腿一下："你和特特姐打个招呼啊！"小杨这才慢慢站起来，提拉着鞋，缓缓走近我，伸出手，握了握。

之后的事儿，像所有人对人的交接一样，我回家后发现刘教练拉了个微信群。群中有四个成员，一、二自然是我和刘教练，三呢，是该店负责人，四，就是新教练小杨。

照旧，群里，也由刘教练进行开场白。

"Hi，各位，这是某某，这是某某，这是某某，希望你们接下来的锻炼顺利。"

"有任何问题，都请联系我。"

从此，群里死寂一片。

三天后，群里忽然又有了声音，是小杨。

他@了我的名字，提示我注意："阿，特特姐，你什么时候来锻炼啊？"

然后，恢复沉寂。

又过了两天，我在"凑合呢还是不凑合呢"的内心戏中，犹豫了千百遍，最终遵循了内心的声音，路过健身房时，我找到还未彻底离职的刘教练，表达了想法。

"您说有问题联系您。我想来想去，不想和新来的小杨继续下面的课，如果可以，麻烦你提醒店方，给我换个教练。"我恳切地说。

刘教练诧异："是小杨不够专业吗？可你们还没开始第一节课呢！"

248

"对,"我承认,"我们不仅没开始第一节课,我们甚至还没有记住对方的脸。我敢打包票,现在走到大街上,我们面对面对视,那天短暂的相逢也不会让我们认出彼此。"

"所以?"刘教练的声音,充满困惑,他不明白一个印象都没来得及留下的人,为什么会留下糟糕的第一印象,还没出场,就已出局。

原因很简单,我分析给刘教练听:

"在每一件事中,我们都要先定位自己的角色,而后定位符合角色的言行,根据不同身份、人物关系,采取行动,拿捏分寸。

"拿健身教练和他的学员来说吧,教练是绝对的乙方、服务者;学员作为消费者,是绝对的甲方、被服务对象。因此在合作过程中,我既要完成经过专业指导的训练,还要得到专业的被服务感。提供这些,才说明他是一位合格的从业者。"

"是的,我同意。"刘教练点头。

"而第一次见面时,小杨迟迟没有起身,需要提示,才慢慢站起来,和我握手,说明他如果不是反应不够快,就是没有服务意识。

"之后,您拉群,让大家有建立联系的可能。一个清楚自己定位,根据定位能准确指挥言行的人,应该第一时间加对方,也就是我的微信,从此开始一对一的接触、交往,开展下一步的行动。

"可是我等了三天,小杨没有加我。再约课,也只是在群里喊一声,一句话,十几个字,有两个错别字,可见不认真。在这之后,我又等了两天,他仍没有加我。我想,这证明他不仅没有服务意识,不懂移动时代的社交礼仪,对本职工作的定位、任务都还不够清晰。我能预见,以后的课程中,我希望得到的服务、关注、专业度,都会打折,既然如此,又何必浪费时间?"

"您说得对。"刘教练火速给我联系店方,火速换了新教练。

新教练是位女孩,我到家时,她已火速加了我微信,火速和我约了下一次课,并在下一次课前两小时,准时提醒我吃点东西,好有力气。

一切如旧,如我一直以来体验的理想的旧。

我没在那家健身房再见过小杨。

或许见到了,也认不出。

我不知道是不是因为我挑剔、要求高,才争取到想要的服务,只知道一些人如果多花点心思,在特定场合只做符合角色的行动,就不会还没出场,就已出局。

这特定场合如果是职场,这心思就叫职业精神,这行动就是专业的一部分。

图书在版编目（CIP）数据

从你的全世界错过 / 林特特著. — 上海：上海文艺出版社，2020
ISBN 978-7-5321-7372-3

Ⅰ.①从⋯ Ⅱ.①林⋯ Ⅲ.①散文集-中国-当代 Ⅳ.①I267

中国版本图书馆CIP数据核字（2019）第204197号

发 行 人：陈　徵
责任编辑：陈　蔡
装帧设计：叶　茂

书　　名：从你的全世界错过
作　　者：林特特
出　　版：上海世纪出版集团　上海文艺出版社
地　　址：上海绍兴路7号　200020
发　　行：上海文艺出版社发行中心
　　　　　上海市绍兴路50号　200020　www.ewen.co
印　　刷：崇明县裕安印刷厂
开　　本：890×1240　1/32
印　　张：8.25
插　　页：1
字　　数：178,000
印　　次：2020年1月第1版　2020年1月第1次印刷
Ｉ Ｓ Ｂ Ｎ：978-7-5321-7372-3/Ｉ・5860
定　　价：45.00元

告 读 者：如发现本书有质量问题请与印刷厂质量科联系　T：021-59404766